KB123976

로크미디어가
유혹하는
재미있는 세상
ROK
MEDIA
로크미디어

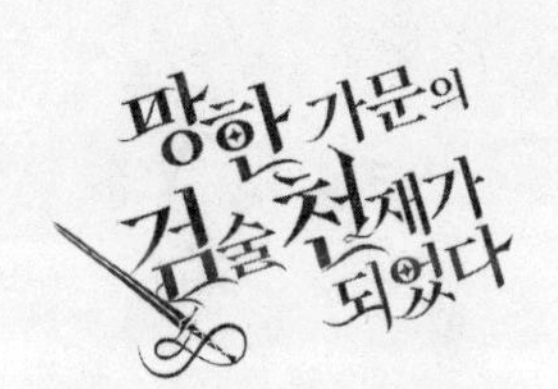
망한 가문의
검술천재가
되었다

망한 가문의 검술 천재가 되었다 3

2022년 12월 14일 초판 1쇄 인쇄
2022년 12월 19일 초판 1쇄 발행

지은이 소구장
발행인 김정수 강준규

기획 이기헌 왕소현 박경무 강민구 조익현
책임편집 천기덕
마케팅지원 이원선

발행처 (주)로크미디어
출판등록 2003년 3월 24일
주소 서울시 마포구 마포대로 45 일진빌딩 6층
Tel (02)3273-5135 Fax (02)3273-5134
홈페이지 rokmedia.com E-mail rokmedia@empas.com

값 9,000원

ISBN 979-11-408-0361-3 (3권)
ISBN 979-11-408-0358-3 04810 (세트)

망한 가문의 검술 천재가 되었다

3

소구장 퓨전 판타지 장편소설

COTENTS

Chapter 1

'저 녀석, 또 뭔가 봤구나?'

루크는 대련을 하는 와중에도 엘린이 중얼거리는 말을 들었다.

치열한 상황도 아니었으니 청각도 열어 두었을뿐더러, 애당초 엘린이라는 녀석에게는 관심이 있었기 때문이다.

'어떻게 알아차린 거지?'

지금 자신은 철저히 실력을 숨기는 중이었다.

마나의 흐름을 회로 단위로 일일이 조절하고 있는 탓에 자신의 본 실력을 아는 자가 아니라면 그걸 알아보는 건 불가능하다고 봐도 좋았다.

심지어 그게 장로라고 할지라도 마찬가지였다.

그런데 그걸 일개 신참 기사가 알아봤다고?

저 녀석은 대체 뭐 하는 녀석일까.

"그게 무슨 소리야? 엔이 지고 있다니."

"잘 모르겠어……. 그냥 느낌이 그래."

엘린은 자신 없는 말투로 대답했다.

"느낌이라니. 너 그냥 엔이 무섭게 하니까 싫어서 그러는 거 아니야? 저게 어딜 봐서 지고 있는 모습이라고."

"그런가."

엘린은 여전히 의문이 풀리지 않은 듯 고개를 갸웃했다.

루크는 그 대화까지 다 듣고 나서야 결론을 내렸다.

'감이 좋은 녀석이네.'

그냥 좋은 게 아니다.

대륙에서 손꼽힐 정도로 감이 좋은 녀석일 것이다.

그날 자신이 숨어 있던 쪽으로 고개를 돌린 것도.

이번에 자신이 실력을 숨기고 있다는 것을 눈치챈 것도.

다 그 뛰어난 감 덕분이었을 것이다.

그러고 보면 꼭 누가 생각났다.

과거 루크가 가주였던 시절.

'칼린이 딱 저런 놈이었는데.'

루크는 제 무덤 앞에 잠들어 있는 칼린을 떠올렸다.

녀석과 함께했던 기억들이 스쳐 지나갔지만, 일단은 대련에 집중해야 할 것 같았다.

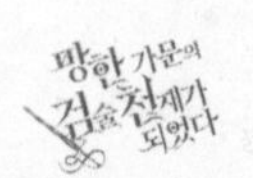

"이야아아앗!"

자신의 공격이 계속해서 막히는 게 화가 난 건지, 엔의 검이 점점 저돌적으로 변하고 있었기 때문이다.

교보재가 이렇게 폭주하면 테오에게 적절한 시범을 보여줄 수가 없었다.

카앙! 캉!

루크는 엔의 검로를 몇 번이고 끊으면서 대련의 흐름을 조절했다.

'엘린이라고 했나? 테오도 이 대련을 보면서 엘린처럼 느끼는 바가 많아야 할 텐데.'

루크는 엘린의 이름을 확실히 기억해 두기로 했다.

'저거 미친놈인가?'

테오는 루크의 대련을 보며 입을 다물지 못했다.

상대를 이기는 거야 당연하다고 생각했다.

자신이 아는 루크가 설마 기사 하나를 못 이길 리는 없었으니까.

테오가 놀란 지점은 거기가 아니었다.

'저건 내 초식이잖아?'

초식이란 게 원래 각 동작과 그에 맞는 마나 흐름을 정해 둔 것이다.

그렇다고 해서 모든 이가 완전히 똑같은 초식을 사용하는 건 아니다.

각자의 체형, 체질, 마나의 성질 등.

많은 요소들에 의해 각자가 사용하는 초식에는 미묘한 차이가 있을 수밖에 없다.

그건 너무나도 미세해서 보통의 사람들은 차이점을 발견하는 것조차 어려웠다.

그런데 지금 루크는 어떤가.

자신의 초식을 완벽히 분석한 것도 모자라 똑같이 재현하고 있었다.

움직임 하나부터 그 움직임에 따른 마나의 흐름까지.

자신의 초식과 조금도 다르지 않았다.

게다가 어떤 부분에서는 좀 더 나은 움직임을 보여 주기도 했다.

마치 자신에게 이쪽이 더 효율적인 길이라고 알려 주기라도 하는 것처럼.

'저런 게 가능한 건가?'

테오는 그런 루크를 보며 두려움마저 들었다.

아무리 형제라고 해도 타인의 초식을 그대로 따라 할 수 있다니.

루크가 대단하다는 건 알고 있었지만, 이건 그냥 괴물 수준이었다.

'저런 놈이랑 수련하고 있으니까 내가 그렇게 약해 보였던 거지.'

그렇게 생각하니 긴장이 풀리기 시작했다.

루크의 말대로 연습한 대로만 하면 대련에선 쉽게 이길 수 있을 것 같았다.

"이이익!"

그 순간 엔이 있는 힘껏 검을 찔러 넣었다.

그의 검에서는 약간이었지만 검기가 뿜어져 나왔다.

이대로 루크를 장외로 밀어내 버리겠다는 의도 같았다.

나쁜 생각은 아니었다.

상대의 검이 계속해서 자신의 공격을 막아 낸다면, 검과 함께 밖으로 날려 버리면 될 테니까.

그러나 상대가 루크라는 게 문제였다.

그의 검이 엔의 공격을 받아 냈다.

검기가 실린 검이 루크의 검을 밀어내려는 순간.

스륵.

루크의 검이 반원을 그리며 그대로 공격을 흘려 버렸다.

후웅-!

그와 동시에 풍월대검의 검풍이 엔의 등 뒤를 밀어 버렸다.

"어?"

검풍에 등이 떠밀린 엔은 무게 중심을 잃어버렸다.

그들의 위치는 이미 대련장의 가장자리.

여기서 중심을 잃는다면 결과는 뻔했다.

쿵!

결국 엔은 장외로 넘어져 버렸다.

완벽한 되치기를 지켜보던 관중들은 눈을 부릅떴다.

"시종일관 엔에게 밀리다가 저기서 공격을 반격을 하다니."

"쯧쯧, 엔이 너무 성급하게 공격한 탓이지. 장외만 없었다면 이 공자가 패했을 걸세."

"그래도 루크 공자 역시 단단하고 유려했네. 괜히 재능이 있다는 게 아니었어."

관중들의 눈에는 루크가 밀리다가 막판에 간신히 역전한 것으로 보였다.

"엔 파츠, 장외! 루크 도련님의 승리입니다."

곧바로 라히츠가 결과를 발표했다.

"휴우."

루크도 분위기에 맞춰 간신히 이겼다는 듯 숨을 몰아쉬었다.

그러고는 테오 쪽으로 다가오며 눈을 찡긋했다.

"잘 봤어?"

"네가 혼신의 연기를 하던 거?"

"다들 감쪽같이 속은 것 같지?"

"넌 진짜 미친놈이야."

테오는 고개를 절레절레 저었다.

그러면서도 속으로는 감탄을 금치 못했다.

도대체 얼마나 실력이 있어야 한 명의 기사를 저렇게 가지고 놀 수 있는 걸까.

테오는 얼른 루크가 보여 준 수준까지 올라가고 싶었다.

"그것 말고도 대련 보면서 뭔가 느낀 건 있었어?"

루크가 물어 왔다.

아마 그가 보여 준 초식을 말하는 것이리라.

"아주 잘 봤어. 대련할 때 참고할게."

"오, 형도 감이 좋은 사람이네."

"그럼 다녀온다."

"잠깐만. 이거 들고 가야지."

루크는 테오에게 천을 하나 건넸다.

테오의 표정이 묘해졌다.

"이거 진짜 해도 되려나?"

"단기간에 급하게 갈아 놓은 감각이야. 수련 때와 환경이 같지 않으면 언제고 무너질 수도 있다니까. 그래서 수련용 검도 그대로 사용하잖아."

"아무리 그래도……."

"신경 쓰이면 안 하고 가도 돼. 대신 행여나 실수라도 해서 지면 어떻게 되는지 알지?"

루크의 눈빛을 보니 테오는 덜컥 겁이 났다.

저 천을 들고 가지 않았다가 만에 하나라도 지게 된다면?

그땐 자신이 루크의 손에 죽고 말리라.

"아, 알았어."

결국 그는 체념한 채로 천을 받아 들고서 대련장으로 올라갔다.

"가서 무조건 이기고 와. 같이 설산으로 가야지."

"물론."

테오는 주먹을 불끈 쥐며 대답했다.

"아쉬웠어, 엔."

"끝까지 밀어붙였는데 마지막에 거기서 반격을 당하네."

"엔이 거의 다 이겼는데, 장외 규칙은 왜 만든 거야? 공자님들 이길 수 있도록 변수 하나 더 준 거 아니야?"

동기들이 패배하고 내려온 엔을 위로해 주었다.

그러나 그 말들은 전혀 위로가 되지 않았다.

'내가 밀어붙였다고?'

저놈들은 루크와 제대로 붙어 보지 않아서 저런 소리를 하는 것이다.

루크는 절대 운이 좋아서 이긴 게 아니었다.

'장외가 없었어도 내가 먼저 지쳐서 쓰러졌을걸.'

루크와 직접 검을 겨뤘기에 볼 수 있었다.

그의 호흡이 조금도 가빠지지 않았다는 것을.

그리고 이마에는 땀 한 방울 나지 않고 보송했다는 것을.

그런 그를 상대로 장외가 없었다 한들 이길 수 있었겠는가.

"젠장!"

엔은 분을 삭이지 못했다.

지난번에 가주님께서 직접 찾아와 대련에서 꼭 이겨 달라고 분부까지 했다.

대련에서 이기기만 하면 6연무장 전체에 큰 상을 내리겠노라고 약속도 해 주셨다.

그땐 당연히 이길 수 있을 거라고 생각했다.

하지만 결과는?

'주군의 명조차 지키지 못하고, 열 살이나 어린 상대에게 농락이나 당하다니.'

기사로서의 명예가 땅에 고꾸라진 것 같았다.

"괜찮다, 엔."

분해하고 있는 엔의 어깨를 두드려 준 이는 브리데커였다.

"하지만 가주님께서 특별히 분부까지 하셨잖아."

"아직 가주님의 분부를 지키지 못한 건 아니지."

브리데커가 자신의 가슴을 툭 쳤다.

"가주님께서는 분명 한 명에게라도 이기라고 하셨어."

브리데커의 얼굴에선 자신감이 넘쳐 보였다.

하기야 저 녀석은 같은 기수에서도 특히 눈에 띄는 실력이 었으니까.

그러나 엔의 생각은 전혀 달랐다.

"너도 조심해라."

"조심하라고?"

"공자님들, 우리가 알고 있는 거랑 많이 달라."

상대적으로 약체로 평가받던 루크가 저런 실력자라면, 분명 테오도 자신들이 예상했던 것과는 다를 것이다.

아무리 브리데커라고 하더라도, 방심했다가는 한 번에 당할 수도 있었다.

"흐음."

브리데커는 콧잔등을 찡그리며 고개를 갸웃했다.

그걸 보니 자신의 말에 전혀 공감하지 못하는 것 같았다.

그럴 만도 했다. 자기라도 지금 그런 말을 들었다면 저런 표정을 지었을 테니까.

그건 직접 겪어 보지 않으면 알 수 없었다.

"아무튼 조언은 고맙다."

브리데커는 자신의 검을 챙겨 대련장으로 올라갔다.

"다음 대련을 시작하겠습니다."

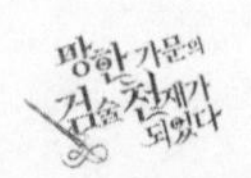

라히츠의 말에 따라 대련장 양측에서 테오와 브리데커가 걸어 나왔다.

브리데커의 당당한 걸음걸이에선 여유가 느껴지는 반면 테오는 아직 긴장이 완전히 풀리지 않은 모습이었다.

그러나 전처럼 긴장감 때문에 아무것도 못 할 것 같지는 않았다.

오히려 몸 상태를 끌어 올릴 수 있는 적당한 수준의 긴장감이었다.

"역시 일 공자의 기개가 남다르군."

"브리데커는 어떻고. 어째서 제 기수에서 수석을 차지했는지 알 것 같네."

둘의 모습을 지켜보던 사람들은 감탄했다.

어쩌면 저들은 앞으로 슈넬덴의 미래를 이끌어 갈 인물들이었다.

자연스럽게 그 둘의 대결에 관심이 갈 수밖에 없으리라.

그렇게 모두의 관심 속에 둘은 서로에게 대련의 예를 취했다.

"이렇게 대련장에서 뵙는 건 오랜만입니다."

브리데커가 먼저 입을 열었다.

"그런가?"

"혹시 마지막 대련을 기억하십니까?"

"미안하다. 내가 그땐 철이 많이 없었어."

브리데커는 조금 당황했다.

테오가 이렇게 바로 사과를 할 줄은 몰랐다.

'바뀌었다고 하더니 그 소문은 사실이었나 보군.'

그래도 사과를 했다고 해서 과거의 일이 바로 용서되는 건 아니다.

그는 다른 사람들 앞에서 자신의 뺨을 갈겨 자신의 명예를 바닥까지 떨어뜨렸으니까.

"외람되지만 그때 당한 것만큼만 돌려드리겠습니다."

"조금 더 해도 돼."

"예?"

"슈넬덴 사람이라면 복수는 최소한 세 배로 해야 하잖아."

"……."

확실히 테오가 달라졌다.

여전히 말투는 퉁명스러웠지만 태도에는 진중함이 생겼다.

과거의 원한과는 별개로 슈넬덴의 직계가 정신을 차렸다니 반길 만한 일이었다.

"알겠습니다. 공자님께서 그렇게 말씀하시니 최선을 다하도록 하죠."

"물론."

브리데커가 먼저 검을 잡았다.

대련을 할 준비가 되었다는 의미.

그러나 테오는 바로 검을 잡지 않았다.

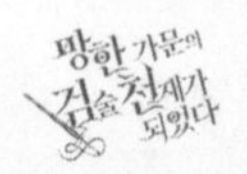

그 대신 그는 가지고 온 천을 눈에 둘렀다.

브리데커는 고개를 모로 틀었다.

"지금 뭐 하시는 겁니까?"

목소리에서는 불쾌감이 뚝뚝 묻어났다.

"저를 무시하셔도 유분수지……."

"미안해. 아무튼 이렇게 좀 하자. 나도 사정이 있어서 그래."

"대체 무슨 사정이 있어야 대련 상대를 앞에 두고 그런 행동을 하는 겁니까?"

"절대 너 무시하는 거 아니니까 너무 기분 나빠하지 마. 나도 이기고 싶어서 하는 거야."

테오는 안대의 매듭을 확인한 후 검을 들었다.

브리데커의 표정은 아예 썩어 버렸다.

'공자가 변했다는 건 취소다.'

겉모습을 보고 착각했다.

저자는 아직도 타인의 명예 따위는 개보다 못하게 생각하고 있었다.

'내가 그 못 돼먹은 버릇을 이번 기회에 고쳐 주마.'

테오에게로 달려드는 브리데커의 눈에 불꽃이 일었다.

'이건 진짜 아닌 것 같은데.'

한편 눈을 가린 테오는 속으로 한숨을 푹 내쉬었다.

진검을 들고 하는 대련에서 눈을 가리고 있으니 당연한 반응이었다.

대체 루크는 무슨 생각으로 자신에게 이런 짓을 시킨 걸까.

아, 물론 이유는 이야기해 줬다.

수련 때와 똑같은 환경을 만들어야 한다고.

하지만 그 설명은 충분하지 않았다.

'상대가 다른데 어떻게 환경이 똑같아져?'

연습 때는 루크와 수련을 했다면, 지금의 상대는 브리데커였다.

이미 가장 큰 변수가 생겼는데 다른 환경을 똑같이 한다고 효과가 있을까.

'그런데도 그냥 연습한 대로 하라니.'

테오가 자신감이 없을 수밖에 없는 이유였다.

뭐 어쩌겠는가.

루크가 그러라고 하면 자신은 따르는 수밖에.

설마 자신이 혈족인데 죽이기야 하겠어.

아마도……?

"흐아아아압!"

브리데커의 검이 날아들었다.

보이지 않아도 저 기합 소리와 마나의 흐름만으로 알 수 있었다.

그러나 정확히 어디를 향해 어떻게 날아오는지까지는 몰랐다.

'연습한 대로, 내 흐름대로.'

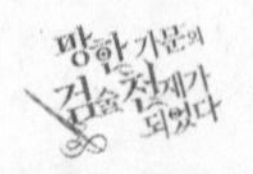

테오는 루크의 말을 되새기며 천설검의 방어 초식을 사용했다.

카앙!

테오가 검을 가로로 그어 상대의 공격을 막아 냈다.

'어? 이게 왜 진짜 막혀?'

오히려 그 공격을 막아 낸 테오가 당황했다.

"눈을 가렸다고 제가 봐줄 거라 생각하지 마십쇼!"

브리데커가 튕겨 나간 검을 틀어 바로 다시 내리쳤다.

그 움직임이 너무나 간결하여 마치 하나의 연결 동작처럼 보였다.

그러나 보는 이들 모두가 알고 있었다.

저런 동작이 나오기 위해서는 엄청난 팔과 손목 힘이 있어야 한다는 것을.

그리고 눈을 가린 테오는 저 공격에 속수무책일 수밖에 없다는 것을.

"호오, 저 아이도 대단한 듯하네."

"일 검 일 검에서 무게감이 확 느껴지는군."

"타고난 신체 능력에 재치까지 더해졌으니, 저 정도라면 제 선배 기수와 합을 겨룰 수도 있겠어."

장로들은 그런 브리데커를 보며 혀를 내둘렀다.

그는 자신의 유연한 신체 능력을 십분 발휘해, 상대방이 막기 어려운 곳만 골라 찔러 넣었다.

그러면서도 검 끝에 힘이 빠지지 않으니, 한 번이라도 당한다면 곧바로 치명상을 입힐 수 있으리라.

"그런데 어째서 일 공자를 뚫지 못하는 거지?"

"내 말이 그 말이네."

"브리데커의 검이 좋지 않다기보다는 테오 공자가 워낙 철벽같지 않은가? 그 날카로운 공격을 한 치의 틀림도 없이 모두 막아 내고 있네."

"어떻게 그럴 수가 있지? 심지어 공자는 눈을 가리고 있지 않은가?"

"설마 공자가 심안을 터득한 건 아니겠지?"

장로들 사이에서는 정적이 흘렀다.

그건 웃음을 참기 위한 노력이었다.

장로로서의 체면이 있지, 동료의 과언을 비웃을 수는 없지 않은가.

그럼에도 여전히 풀리지 않는 의문점은 있었다.

'도대체 공자는 어떻게 눈을 가린 채로 모든 공격을 막아 내고 있는 거지?'

한편 테오도 지금 상황이 신기하기만 했다.

카가각-!

방금 또 브리데커의 공격을 쳐 냈다.

그가 정확히 이 상황을 의도하고 검을 휘두른 건 아니었다.

굳이 말하자면 자신은 초식을 그대로 재현하고 있었는데,

거기에 상대의 검이 끼어든 것 같은 느낌.

'루크랑 수련할 때도 이런 느낌이었던 것 같긴 한데.'

그때는 수련이니까 당연히 루크가 자신에게 맞춰 주고 있다고 생각했다.

하지만 지금은 상황이 완전히 달랐다.

상대는 자신에게 열을 받아 죽일 기세로 달려드는 중.

그런데도 그 공격이 조금의 오차도 없이 모두 막히고 있었다.

마치 연습하던 때처럼 말이다.

'근데 그게 말이 되나?'

자신이 브리데커와 제대로 붙은 적은 이번이 처음이었다.

그렇다고 그의 검술을 완전히 분석한 것도 아니었고.

아니, 완전히 분석했다고 하더라도 이렇게 하기는 어려울 것이다.

'이건 꼭 맞춤형 전략을 준비해 여러 번 붙어 본 상대와 맞붙는 느낌 같은데……. 어?'

테오의 머릿속에는 루크가 좀 전 대련에서 보여 줬던 모습이 스쳐 지나갔다.

자신의 동작을 그대로 따라 하는 것도 모자라 마나의 흐름마저 모방하던 그 괴물 같은 모습 말이다.

'설마 루크가 이 녀석 것도?'

테오는 소름이 돋을 지경이었다.

루크가 이 녀석을 본 건 정찰을 나갔을 때 딱 한 번뿐이었다.

그런데 그 한 번으로 녀석의 검술을 그대로 따라 했다니.

다른 사람에게 그런 말을 들었다면 개소리하지 말라며 웃었을 것이다.

하지만 그 장본인이 다름 아닌 루크라면?

그럼 충분히 가능성이 있는 말이었다.

'이러면 이야기가 다르지.'

테오의 마음속에 자신감이 싹틔웠다.

눈을 가리고 있다는 건 이제 어떠한 불편함도 주지 않았다.

이미 루크와 몇 번이고 맞춰 봤던 동작들이었으니까.

루크가 틀리지 않았다면 자신이 브리데커의 공격에 당할 일은 없을 것이다.

'연습했던 대로!'

테오는 방어 초식을 끝내고 슬슬 반격 초식으로 넘어갔다.

천설검은 내리는 눈발처럼 유려하면서도 필요한 순간엔 얼음처럼 굳건하게 검을 내질러야 하는 기술.

마침 상대가 예상했던 대로 하단 배기를 해 왔다.

카캉!

휘리릭.

테오는 검을 내려 공격을 받아 쳐 냈다.

그러고는 검로를 180도 틀어 상대의 상단을 공격해 들어

갔다.

테오가 승리를 확신하려던 순간.

주룩.

그 순간 식은땀 한 방울이 콧등을 타고 흘러내렸다.

—상단 찌르기 하면서 이겼다고 생각하지 마. 그렇게 급하게 검로를 바꾸면 마나도 급변해서 상대도 다 알아차려.

눈을 가리고 있어서 그런 걸까.

수련 때 루크가 해 줬던 말이 생생하게 떠올랐다.

그리고 그때 녀석에게 맞았던 정강이의 통증까지도.

테오는 다급하게 검을 회수하고 몸을 뒤로 뺐다.

후웅—!

그리고 조금 전까지 자신이 있던 자리로 브리데커의 발차기가 지나갔다.

만약 그대로 상단 찌르기를 했다면 검이 닿기도 전에 저 발차기에 먼저 당했으리라.

브리데커의 아쉬워하는 소리가 생생하게 들렸다.

그럴수록 테오는 소름이 돋았다.

'루크는 대체 어디까지 보고 있던 거야?'

자신이 반격 초식을 사용할 때 어떤 마음가짐을 가질지조차 알고 있었단 말인가.

이건 차라리 신에 가까워 보였다.

숱한 전투를 겪은 덕에 모든 걸 꿰뚫어 볼 수 있게 된 무신 말이다.

어쨌든 덕분에 테오는 다시 자신만의 흐름을 되찾을 수 있었다.

'자만하지 말고 내 흐름에 집중하자.'

"언제까지 피하기만 할 겁니까!"

눈을 가린 테오를 상대로 제대로 된 공격을 성공하지 못했기 때문일까.

브리데커는 얼굴이 시뻘게져서 테오에게 달려들었다.

그에 따라 브리데커가 휘두르는 검의 흐름도 달라졌다.

'상관없어.'

상대가 어떤 공격을 하는지 따위는 이제 신경 쓰이지 않았다.

자신은 그저 자신이 할 일만 할 뿐.

테오는 몸을 옆으로 틀어 그 공격을 피해 냈다.

깻잎 한 장 차이를 두고 브리데커의 검이 빗나갔다.

찌르기를 피했으니 상대의 무게 중심이 흐트러졌다.

누가 보기에도 먹음직스러운 빈틈.

'그것도 상관없어.'

테오는 상대가 어떤 상태인지는 신경 쓰지 않았다.

지금 그가 집중하고 있는 건 오직 자신이 다음에 수행할

동작.

파바바바밧.

테오의 검이 흩날리는 눈발처럼 퍼져 나갔다.

눈발이 거세게 흩날릴수록 브리데커의 검은 바빠졌다.

그러나 얇디얇은 쇳덩이로 눈발을 막아 낼 수는 없는 법.

시간이 갈수록 브리데커의 몸에는 생채기가 생겨났다.

이대로 가다가는 눈을 가린 상대에게 지게 된다.

그 생각이 브리데커를 무리하게 만들었다.

"같잖은 사술은 집어치우십시오!"

그는 테오의 머리를 향해 마나를 가득 채운 검을 내리쳤다.

이제는 도련님이고 뭐고 눈에 뵈는 것도 없었다.

"저, 저, 저……!"

"브리데커를 말리게!"

심상치 않음을 느낀 장로들이 대련을 중지시키려 했다.

모두가 다급해지는 순간, 테오만큼은 다음 자세를 취하고 있었다.

화려했던 검은 어느새 제자리에 우뚝 멈췄다.

그의 주위로는 여전히 눈발이 흩날렸다.

톡.

그 눈발이 검에 내려앉는 순간.

테오의 몸이 움직였다.

지금까지 흩뿌려 놓은 눈발은 바로 이 순간을 위한 것.

새하얗게 수놓인 점들을 따라 검로가 이어졌다.

검을 휘두르는 본인조차 자신이 어떻게 움직이는지 알지 못했다.

그저 마나의 흐름에 따라 몸을 움직이는 것뿐.

"광풍의 서리."

마침내 테오는 천설검 최종장의 이름을 나지막이 읊조렸다.

파캉!

브리데커의 검이 두 동강 나 버렸다.

털썩.

이윽고 그의 무릎이 대련장 바닥에 닿았다.

"후우."

테오는 그제야 가쁜 숨을 내쉬었다.

"……."

잠깐의 침묵.

분명 대련의 결과는 나왔다.

정제된 자세로 납검을 하는 테오의 뒤로 브리데커가 쓰러져 있었다.

당연히 테오 슈넬덴의 승리.

그러나 심판인 라히츠조차 넋이 나갔는지 승자 선언을 하지 않았다.

스륵.

테오는 답답한 안대를 벗고 주위를 둘러보았다.

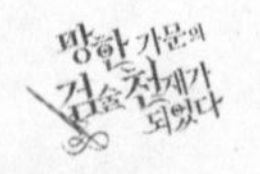

모두가 입을 떡 벌린 채 아무 말도 하지 않고 있었다.

"다들 왜 저래? 아무튼 내가 이겼지?"

테오는 라히츠에게 불쑥 손을 내밀었다.

"아, 예, 예."

그제야 정신을 차린 라히츠가 테오의 손을 번쩍 들어 올렸다.

"이번 대련의 승자는 테오 슈넬덴 도련님입니다!"

"우와아아아아아!"

비로소 관중들의 함성이 터져 나왔다.

"세상에, 테오 공자가 이길 줄이야……!"

"그저 이긴 수준이 아닐세. 이건 완승이지."

"허어, 눈을 가린 상태로 브리데커를 이긴 것도 모자라 천설검의 최종장을 펼쳐 보이시다니."

"슈넬덴의 미래는 우리가 생각했던 것보다 훨씬 밝은 것 같네. 허허허!"

장로들은 여전히 믿을 수 없다는 눈으로 테오를 바라보고 있었다.

테오의 무위에 놀란 건 비단 장로들뿐만이 아니었다.

"방금 그건 뭐였어?"

"천설검 오의 아니야?"

"테오 공자님이 천설검의 최종장까지 쓸 수 있었다고? 그것도 안대를 한 상태로?"

수석 기사들의 입도 닫힐 줄을 몰랐다.

그도 그럴 것이 테오가 브리데커를 이겼지 않은가.

그것도 눈을 가린 채로.

자신들에게 안대를 한 상태로 브리데커를 이길 수 있겠느냐 묻는다면, 반드시 이긴다고 자신할 수는 없었다.

그런데 그걸 아직 정식 기사도 되지 못한 테오가 해냈다.

그야말로 천재라 불리기에 충분했다.

"일 공자님이 저 정도로 성장했을 줄이야."

"원래 가진 재능이 출중했으니까."

"슈넬덴의 희망이 아니라 슈넬덴의 현재가 되셨어."

기사들은 온갖 호들갑을 떨어 댔다.

그리고 그 호들갑을 들으며 남몰래 웃고 있는 자가 있었으니…….

'이 정도면 계획대로 된 것 같군.'

바로 루크였다.

이번 대련에서 테오를 천재로 만드는 것.

그것이 루크의 최종 목적이었다.

'앞으로 집안이 테오 얘기로 떠들썩하겠어.'

그럴수록 자신에 대한 관심은 없어지겠지.

루크는 만족한 얼굴로 테오를 쳐다보았다.

그는 아직 지금 상황을 제대로 인지하지 못하고 있는 것 같았다.

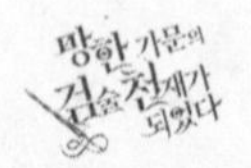

쓰러져 있던 브리데커가 벌떡 일어나더니, 그런 테오에게 다가갔다.

"다시 한번 말하는데, 안대를 한 건 널 무시해서 그런 게 아니야. 이것도 이기기 위한 전략이었다고."

테오가 화들짝 놀라며 말했다.

그러나 브리데커가 고개를 푹 숙이는 바람에 테오는 더욱 놀랐다.

"제가 졌습니다."

"뭐?"

"의심의 여지없이 저의 완패입니다."

"어, 그래."

브리데커는 또다시 고개를 푹 숙이고는 돌아가 버렸다.

"뭐야, 저 녀석."

"자존심이 상한 거지."

루크가 다가오며 말했다.

"자존심?"

"눈을 가린 상대한테 발렸잖아."

"그거야 워낙 괴물 같은 녀석이 가르쳤으니까 그런 거지."

"사람들은 그렇게 생각 안 할걸."

루크는 테오의 어깨를 톡톡 두드려 주었다.

"어쨌든 그 감각, 설산에 가서도 쓸 수 있도록 잘 기억하고 있어."

“아…….”

테오는 자신의 손을 내려다보았다.

천설검의 최종장을 그리던 순간이 떠올랐다.

완전한 무아지경의 상태.

자신이 곧 검과 하나가 된 것 같은 기분이었다.

‘나도 그런 검을 휘두를 수 있었구나.’

테오는 아직도 떨리고 있는 손을 부여잡았다.

마지막 순간의 기억이 조금이나마 새겨지는 것 같았다.

최근 슈넬덴가 내에서 가장 큰 관심사는 한 가지였다.

슈넬덴이 코넬리오의 그늘을 벗어던지고 살아남을 수 있을까?

“난 솔직히 살아남을 수 있을지 모르겠다.”

“나도. 요즘 가문 분위기가 좋아지니까 가주께서 객기를 부리신 건 아닐까?”

“코넬리오의 심기를 건드렸다가 멸문당한 가문도 수두룩하잖아.”

“어쩌겠어. 그게 우리가 되지 않길 바라야지.”

대부분의 사람들은 이렇게 생각했다.

그도 그럴 것이 지금 슈넬덴의 식솔들은 과거 슈넬덴의 영광을 말로써만 들었던 자들.

그들이 아는 슈넬덴은 당장 내일 먹고살 걱정을 해야 하는 멸문 직전의 가문이었다.

그런 그들에게 슈넬덴의 독립이 현실로 와닿기는 어려웠다.

그럼에도 가문 내에는 이번 가주의 결정이 성공할 거라 믿는 사람도 있었다.

그런 믿음을 가질 수 있는 이유는 한 가지.

"공자님들이 계시잖아."

"공자님들이 잠재력만 터뜨려 주신다면 이야기가 완전히 다르지."

"특히 일 공자님! 그분이 정신을 차렸으니까 슈넬덴에도 볕이 들걸."

그건 독립을 걱정하던 이들도 인정하는 바였다.

슈넬덴의 두 공자, 특히 테오 슈넬덴의 재능은 워낙 유명했으니까.

그가 어떻게 해 주느냐에 따라서 슈넬덴의 독립이 성공할지, 실패할지 정해질 것이다.

그렇기에 슈넬덴가 사람들은 테오에게 지대한 관심을 보였다.

이번 대련의 결과 역시 마찬가지였다.

과연 테오와 루크가 기사들에게 이길 수 있을까?

설사 지더라도 가능성을 보여 줄 수는 있을까?

그러면서도 그 둘이 이번 대련에서 이길 거라고 생각하는 사람은 거의 없었다.

아무리 슈넬덴이 예전만 못하다지만, 정식 기사와 견습 기사의 차이는 그만큼 컸기에 첫 번째 대련에서 루크가 이겼다는 소식을 들었을 때 사람들은 환호했다.

"루크 공자님이 그토록 성장했을 줄이야!"

"그 정도라면 우리도 승산이 있겠어."

예상보다 훨씬 좋은 결과를 이뤄 낸 것에 대한 놀라움과 대견함.

그것이 주된 감정이었다.

그리고 이어서 테오의 대련 소식을 들었을 때는?

그들은 두 손, 두 발 모두 들었다.

"정말 테오 도련님이 그토록 압도적으로 이겼다고? 정말로?"

"테오 도련님께서 천설검을 완벽히 수행하셨다니. 그건 정식 기사들도 어려워하던 일이잖아."

"슈넬덴의 비전을 완벽히 사용하는 슈넬덴의 직계라니, 훌쩍!"

그것도 모자라 몇몇은 눈물을 흘리기까지 했다.

본가 내에서 테오에 대한 관심은 그야말로 폭발적으로 증가했다.

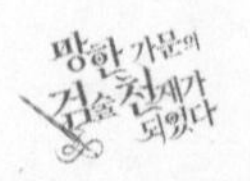

흩날리는 눈발 속에 고고히 서 있는 영웅.

그가 어찌 눈을 가렸느냐 묻지 말거라.

그의 눈은 이미 마음에서 떠졌나니.

심검이 눈을 따라 춤을 추는구나.

누군가 당시 테오가 보여 줬던 천설검을 시로 만들었고, 그 시는 순식간에 본가 전체로 퍼져 나갔다.

"도대체 어떤 검을 보여 줬는데 저런 말까지 나오는 거야?"

"나도 보러 갔어야 했는데!"

사람들은 테오의 무위에 대해 더욱 관심을 가졌고, 이번 망루 확보 작전에 대한 기대도 덩달아 올라갔다.

그때가 테오의 무위를 직접 확인할 기회였으니까.

그러나 그들은 모르고 있었다.

그 시는 루크가 직접 지어 퍼뜨렸다는 것을.

'내 교양도 아직 안 죽었네.'

루크는 주변에서 하는 이야기를 듣고는 낄낄거렸다.

가주로서의 교양 함양을 위해서 배웠던 작문이 이렇게 도움이 될 줄은 몰랐다.

-전설이라는 건 사건의 묘사만으로는 만들어지지 않습니다. 비유와 상징이 들어갔을 때 비로소 한 편의 전설이 탄생하는 것이죠.

작문 교사가 하던 말이 거짓은 아니었던 모양이다.

그 시 덕분에 모두가 테오에 대한 이야기를 하고 있었고, 그의 일거수일투족에만 관심을 보였으니까.

'이 정도면 설산에 가서도 다들 테오만 쳐다보고 있겠지.'

그동안 자신은 엘릭서 재료나 구해 오면 될 것이다.

출발일은 일주일 후.

루크는 얼른 그날이 오기를 손꼽아 기다렸다.

율리안의 집무실.

두 아들을 지켜보는 그의 눈빛엔 걱정과 놀라움이 동시에 비쳤다.

설산의 마물들이 더욱 흉포해졌다는 추가 보고를 받았다.

그에 따라 기존의 작전도 일부 수정을 가하는 중이었다.

마음 같아서는 당연히 아들의 작전 참가를 막아야 하겠지만, 지금은 생각이 조금 달라졌다.

아이들의 실력이, 특히 테오가 이토록 강해졌는지는 몰랐으니까.

"놀랍구나."

그가 먼저 입을 열었다.

"고작 2주 만에 부족한 경험을 채워 넣는 것도 모자라, 테오는 천설검을 완성했을 줄이야."

"이게 다 루크의 훈련 덕분……."

"과찬이십니다."

테오가 뭐라고 하기도 전에 루크가 말을 끊었다.

저기서 자신의 이름을 꺼내면, 기껏 테오에게로 돌려놓은 관심의 화살을 다시 받게 될 수도 있잖은가.

"과찬이라니. 너희는 슈넬덴의 인장을 새길 만한 능력을 충분히 갖추었고, 그를 증명했느니라."

"그렇다면 저희도……."

율리안이 부드럽게 웃어 보였다.

"그래. 너희도 이번 망루 확보 작전에 참가하거라."

"감사합니다."

허락이 떨어지자 테오와 루크가 눈은 빛냈다.

특히 테오는 가슴이 벅찼는지, 슬며시 하늘을 올려다보았다.

"너희는 설산에서의 첫 임무이니, 보다 위험이 덜 한 후방에 위치할 것이다. 전에 대련을 펼쳤던 6연무장의 기사들도 같은 조에 편성될 거고."

"예."

테오는 찝찝한 얼굴로 고개를 끄덕였다.

첫 임무부터 선봉 부대에 서서 공적을 올리고 싶었기 때문이다.

하지만 설산에서 객기는 곧 죽음.

일단은 이렇게 경험을 쌓다 보면, 언젠가는 가장 선봉에서 슈넬덴을 이끄는 기사가 될 수 있을 것이다.

테오는 그렇게 다짐했다.

'설산에서의 첫 임무라니.'

반면 루크는 피식 웃음이 나올 뻔했다.

과거 그는 지금 나이 때도 이미 설산에서 임무를 수행했기 때문이다.

그뿐일까. 덴 호그가 나타난 이후부터는 설산에서 1년을 넘게 보낸 적도 있었다.

그때를 생각하면 지금 망루 확보 작전은 식후 운동만큼이나 가벼운 것이었다.

그렇다고 방심하는 건 아니었다.

설산의 내일은 신도 모른다.

북부의 사람들이라면 모두가 알고 있는 유명한 말이니까.

적당한 수준의 긴장감.

설산으로 향하는 자가 가질 수 있는 최상의 마음가짐이었다.

'옛날 생각나네.'

루크가 잠깐 상념에 잠겼을 때, 율리안이 입을 열었다.

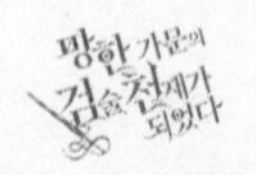

"명심하거라."

그의 목소리가 착 가라앉았다.

"너희는 슈넬덴의 피를 가장 진하게 물려받은 아이들이다. 어느 순간에도 슈넬덴의 명예 부끄럽지 않아야 하느니라."

그래도 첫 임무로서는 꽤 위험한 임무를 나가는 것임에도 차가운 태도였다.

루크는 이해가 갈 것도 같았다.

이번 작전은 북부 가문들의 많은 관심을 받고 있었다.

과연 슈넬덴이 코넬리오로부터 벗어나 자생할 수 있는가.

그 여부가 이번 작전을 통해 판가름이 날 테니, 성공 여부가 중요할 수밖에 없었다.

테오도 이를 눈치챈 것 같았다.

"명심하겠습니다."

인사를 마친 둘이 집무실을 나가려 했다.

"잠깐."

율리안이 그런 둘을 불러 세웠다.

그러고는 가방 두 개를 꺼냈다.

척 보기에는 그리 두둑해 보이지 않았지만, 조금만 자세히 봐도 알 수 있었다.

저 가방 안에는 산맥에서 필요한 각종 도구와 식량이 알차게 들어 있다는 것을.

그야말로 전장에 나서는 군인이 사용할 가장 효율적인 군장이었다.

율리안이 자신의 경험을 살려 특별히 꾸려 준 것이다.

'역시 정이 많다니까.'

루크는 율리안이 건넨 군장을 보며 생각했다.

그래도 잘됐다.

그렇지 않아도 짐 꾸릴 시간이 넉넉하지 않았으니까.

'이제는 출발 날까지 마나만 연공하면 되겠어.'

루크와 테오는 군장을 받아 들고서 집무실을 나왔다.

일주일 후.

루크는 새벽 일찍부터 방벽으로 향했다.

'임무 규모보다 인원이 훨씬 많이 모였네.'

루크는 문 앞에 모여 있는 기사들을 보며 생각했다.

가주의 말대로 설산의 위험도가 커지긴 한 모양이다.

고작 망루 확보에 이토록 많은 인원을 배치하다니.

현재 슈넬덴은 만성적인 인력 부족에 시달리는 상태.

그런 상황에서 망루 확보에 과도한 인원을 보내는 건 자칫 비효율적인 운용으로 보일 수도 있었다.

'그래도 이번 임무는 반드시 성공해야 하니까.'

작전의 중요성을 생각해 보면 약간의 비효율은 넘어갈 만

도 했다.

다른 이들도 이번 작전의 중요성을 알고 있는 것 같았다.

방벽 앞에서 대기 중인 기사들도 하나같이 긴장 상태였다.

주먹을 꽉 쥔 채 심호흡을 하고 있는 녀석.

눈을 감은 채로 고개를 쳐들고 있는 녀석.

자신의 군장을 한 번 더 확인하고 있는 녀석까지.

척 보기에도 이자들이 긴장해 있다는 걸 알 것 같았다.

개중 6연무장의 기사들은 루크의 눈에 익었다.

자신과 대련을 펼쳤던 엔이나 기장이라고 하던 브리데커.

그러나 루크가 진짜 신경 쓰이는 자는 따로 있었다.

한구석에서 몸을 움츠린 채 굳어 있는 오렌지색 머리의 소년이 보였다.

'엘린.'

대련이 끝나고, 토르빈에게 엘린에 대해 물어보았다.

—그 소심한 기사를 모르는 사람은 드물죠.

토르빈은 엘린의 이름을 듣자마자 그렇게 말했다.

아무리 일개 기사를 가문 모두가 알 정도라니.

처음에는 그 특이한 성격 때문인가 했었다.

그러나 토르빈은 전혀 다른 대답을 해 주었다.

-엘린 경은 슈넬덴이 거두어 키운 분이거든요.

-거두어 키워?

듣자하니 엘린은 어린 시절 도적들의 습격으로 폐허가 된 마을에서 발견된 아이라고 했다.

근처를 지나가던 슈넬덴의 기사들이 혼자 남은 아이를 지나치지 못하고, 가문으로 데려온 것이다.

테오에 버금가는 재능을 가진 녀석인 데다가, 흔치 않은 사연까지.

엘린은 여러모로 특이한 녀석이었다.

'어쨌든 저 녀석은 설산에서도 좀 지켜봐야겠어.'

루크가 한참 6연무장의 기사들을 훑고 있을 때였다.

뒤쪽에서 웅성거리는 소리가 들렸다.

고개를 돌려보니 거기엔 테오가 걸어오고 있었다.

"일 공자님이시다."

"눈을 가리고도 브리데커를 이겼다지?"

"확실히 분위기가 이전과는 달라지셨어."

테오를 본 기사들이 수군거리는 소리가 들렸다.

정작 테오는 그런 기대감이 부담스러운 것 같았다.

'홍보 효과가 생각보다 더 좋았네.'

아무리 지금의 테오에게는 관심이 약일 수 있다지만, 걸어가기만 해도 사람들이 저렇게 웅성거린다면 부담이 될 것 같기도 했다.

그래도 어쩌겠는가. 자신이 설산에서 편하게 엘릭서 재료를 채집하기 위해서는 테오가 감수해 줘야 했다.

“오셨습니까, 일 공자님. 공자님과 같은 조에 편성되었다고 들었습니다.”

브리데커가 테오를 보더니 얼른 달려가 인사를 올렸다.

일주일 전과 전혀 다르게 깍듯한 자세였다.

그러나 슈넬덴에서는 익숙한 장면이었다.

강자존.

그것은 슈넬덴의 이념이자 뿌리였으니까.

브리데커는 대련에서 패배한 후, 테오를 자신의 윗사람으로서 인정한 것이다.

‘일이 더 편해지겠네.’

브리데커가 테오를 인정했으니, 6연무장의 다른 기사들도 마찬가지일 터.

테오가 조를 통솔하게 되면, 루크는 더 여유롭게 움직일 수 있을 것이다.

“그래, 잘해 보자.”

“저희야말로 잘 부탁드리겠습니다.”

브리데커와의 인사를 마친 테오가 루크 쪽으로 다가왔다.

임무를 시작하기도 전부터 너무 많은 관심을 받았기 때문일까.

그는 벌써 진이 빠져 보였다.

"어떡하냐. 앞으로 더 많은 관심을 끌어야 할 텐데."

"뭐라고?"

"아냐."

루크는 시치미를 뚝 떼며 테오의 눈을 피했다.

"방금 뭐라고 했어?"

"아무것도 아니야."

"뭐 관심을 끈다고 했던 것 같은데……."

혼잣말로 중얼거린 소리까지 듣다니.

테오의 귀가 생각보다 밝은 모양이었다.

그런 루크를 구해 준 건 단상 위로 올라온 라히츠였다.

"다들 모였군."

이번 작전의 사령관이 등장하자 모두의 시선이 그쪽으로 돌아갔다.

덕분에 테오도 더 이상 루크를 추궁하지 못했다.

"각 조의 조장은 작전 설명을 들었겠지?"

라히츠가 근엄한 목소리로 말했다.

"예!"

"긴말하지 않겠다. 이번 작전은 반드시 성공하라. 슈넬덴에는 누구의 도움도 필요 없다는 것을 증명하고 와라."

쿵!

쿠르르르르.

그의 말과 함께 그레이턴 방벽의 문이 열렸다.

비로소 슈넬덴의 부활을 알릴 첫 번째 작전이 시작되는 것이었다.

휘우우우웅-!

눈발을 머금은 삭풍이 휘몰아쳤다.

아무리 옷깃을 여며도 찬바람은 품 안으로 파고들었다.

백색의 경갑 위에는 그보다 더 하얀 눈이 쌓여 갔다.

이것이야말로 진정한 겨울.

양지바른 곳에 사는 겁쟁이들이 말하는 겨울이 아니라, 북방의 사람들이 말하는 진정한 겨울이었다.

북방의 기후는 그레이턴 방벽을 기준으로 다시 한번 나뉜다.

방벽을 넘는 순간부터 바로 이런 광경이 펼쳐지는 것이다.

이유가 뭐냐고? 아직 밝혀진 게 없다.

누군가는 설산에 잠든 마신의 원혼 때문이라고 하고, 또 누군가는 설산 중심에 박힌 어떤 돌 때문이라고도 하고.

풍부한 마나가 이리저리 얽히면서 나타나는 현상이라는 말도 있었다.

어쨌든 방벽을 넘어서 설산을 오르는 길은 그만큼이나 혹독하다.

설령 그게 고된 훈련을 받고 마나까지 다루게 된 기사라 할지라도.

“몇 번을 왔는데도 여기는 안 익숙해지네.”

“아직 초겨울인데도 날씨가 이따위냐.”

“여기서부터 그러면 본격적으로 작전이 시작되면 어떡하려고 그래. 정신 차려.”

브리데커가 조원들의 등을 떠밀며 말했다.

기장의 말에 조원들도 어쩔 수 없다는 듯 앞으로 걸어 나갔다.

“제길, 발만 좀 안 빠져도 좀 살 것 같은데.”

브리데커도 거기에는 공감했다.

아무리 설산용으로 경량화를 했다고 하더라도 갑옷의 무게는 상당하다.

이걸 입고서 설산을 오르려면 보법은 필수적이었다.

그러나 이 혹한 속에서 보법을 계속 유지한다는 것 자체가 그리 쉬운 일은 아니었다.

자신들은 물론이고 선배 기사들도 보법을 어려워하고 있지 않은가.

‘분명 그럴 텐데.’

브리데커는 고개를 돌려 뒤쪽을 보았다.

거기엔 슈넬덴의 두 도련님이 걸어오고 있었다.

분명 설산을 오르는 건 처음일 텐데, 둘 다 제법 능숙하게 따라오는 중이었다.

특히 루크 슈넬덴, 그는 유독 발걸음이 가벼워 보였다.

마치 설산을 제집처럼 드나드는 레인저들을 떠올리게 할 정도였다.

그들이야 설산에서 평생을 보내는 미친 작자들이라 그렇다 치더라도, 본가에만 있던 도련님이 어떻게 저렇게 사뿐사뿐 산을 오를 수 있단 말인가.

'방벽을 수시로 오가는 수석 기사들보다도 가벼운 것 같은데.'

그는 루크의 군장이 사실은 안이 텅 빈 건 아닐까 하는 생각마저 들었다.

반면 루크는 그런 브리데커를 보며 혀를 쯧쯧 찼다.

'내가 여길 몇 번이나 다녔는데.'

설산에서의 전투 경력은 아마 이곳에 있는 누구보다도 많을 것이다.

오히려 이곳은 본가만큼이나 익숙하게 느껴지는 곳.

한겨울도 아니고, 고작 늦가을의 설산을 오르는 것쯤은 아무것도 아닌 게 당연했다.

'그건 그렇고 곧 휴식 장소가 나올 때가 됐는데.'

루크는 앞쪽을 내다보았다.

어느 지점에서부터 갑자기 경사가 심해지는 지점이 보였다.

바로 저 앞에 큰 공터가 있을 것이다.

본격적인 산행을 시작하기 전에 잠깐 휴식을 취하는 곳.

'첫 번째 채집을 할 만한 곳이기도 하고.'

루크의 머릿속은 온통 엘릭서에 대한 것밖에 없었다.

얼마나 걸었을까.

산길 중에 보기 드문 평평한 공터가 나타났다.

"여기서 잠깐 휴식. 각자 산악 장비를 잘 확인하도록."

선두에 있던 라히츠가 지시를 내리자, 기사들도 각자 짐을 풀고 앉았다.

"나도 좀 쉬자."

테오도 가쁜 숨을 몰아쉬며 자리에 퍼질러 앉았다.

아닌 척을 했어도, 처음 오르는 산길인 만큼 체력 소모가 꽤 컸던 것이다.

경갑 안쪽은 이미 땀으로 흥건했다.

그런 테오에게 루크가 다가갔다.

"그렇게 쉬면 어떡해."

"그럼 뭐 다르게 쉬어야 해?"

"이렇게 마나가 풍부한 데서는 명상이라도 해야지."

"갑자기 명상을?"

테오가 눈가를 찌푸린다.

그걸 본 루크의 표정도 어두워졌다.

'내가 애를 잘못 키웠나.'

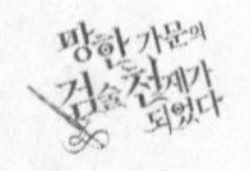

그냥 시키면 시키는 대로 하도록 만들었어야 했는데.

괜찮다.

뭔가 잘못된 것 같으면 얼른 고치면 될 일.

"그럼 그냥 퍼질러 앉아서 쉬겠다고? 지금도 다른 가문 애들은 수련하고 있을 텐데?"

"아니, 뭐 다른 가문 애들까지……."

"계속 말대답할 거야?"

"아니."

루크가 주먹을 슬쩍 들어 올리자 테오가 바로 꼬리를 내렸다.

"내가 나 잘되자고 하는 말이야? 다 형 잘되라고 하는 말이지. 그래, 안 그래?"

"맞아……."

"그래, 그럼 여기서 열심히 수련하고 있어."

"너는?"

"나는 다른 일이 있어서."

루크는 눈을 찡긋하고는 몸을 일으켰다.

테오는 어이가 없다는 듯 그 모습을 바라보았다.

그러고는 이내 고개를 절레절레 저었다.

"아무튼 나 올 때까지 딱 명상하고 있어."

"알았어."

테오는 루크가 시킨 대로 곧장 명상에 들어갔다.

그러자 주변의 시선이 그에게 확 집중되었다.

"오, 이런 때에도 수련이라니."

"일 공자님께서 확실히 달라지신 게 맞구나."

"어릴 적 봤던 공자님의 모습 그대로야."

기사들은 그 모습을 흡족해하면서도, 동시에 반성하게 했다.

천재라 불리는 직계가 저렇게 휴식 시간까지 쪼개서 수련하는데, 자신들이라고 편히 쉴 수가 있겠는가.

몇몇 이들이 주섬주섬 자리를 펴고 앉아서는 수련에 들어갔다.

그걸 본 기사들이 다들 같은 자세를 취했다.

그야말로 진풍경.

그 진풍경을 흐뭇하게 바라보는 이가 있었다.

'그래, 이게 슈넬덴이지, 암.'

루크는 그 진풍경을 뒤로하고는 수풀 사이로 사라졌다.

"여기 있네."

루크는 바닥에 있는 노란 꽃을 땄다.

눈꽃 민들레.

북부 어디서든 쉽게 구할 수 있는 녀석이었지만, 설산의

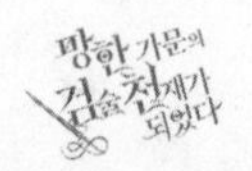

눈꽃 민들레는 좀 더 특별했다.

눈꽃 민들레 안쪽에 맺힌 하얀색의 꽃술.

냉기가 넘쳐흐르는 설산에서만 나타나는 모습이었다.

척 보기에도 풍부한 마나를 머금은 것 같지 않은가?

이게 바로 엘릭서의 재료가 되는 것이다.

루크는 눈꽃 민들레를 주머니에 넣었다.

그의 얼굴엔 만족스러운 미소가 가득했다.

지난 2주간 테오를 열심히 수련시킨 보람이 비로소 느껴지고 있었으니까.

'아직 초입부니까 눈꽃 민들레밖에 없겠지?'

당연하게도 산 안으로 들어갈수록 마나도 풍부해진다.

그러니 좀 더 귀한 재료들은 산 안쪽에서 찾을 수 있을 것이다.

이를테면 스노베리라든가.

'어?'

루크의 고개가 모로 돌아갔다.

'스노베리가 왜 여기서 나와?'

무릎 높이까지 자란 풀.

그 잎사귀 사이로 보이는 다홍색의 열매.

열매는 마나를 가득 머금은 탓에 은은한 빛이 감돌았다.

저건 분명 스노베리가 맞았다.

엘릭서의 주재료 중 하나.

그런 스노베리가 왜 여기에 있는 걸까?

횡재라고 생각할 수도 있었지만, 루크는 곧바로 의심부터 들었다.

'이 시기에 스노베리가 설산 초입에서 자란다는 소리는 한 번도 들어 본 적 없는데.'

그도 그럴 게 스노베리의 성장 조건은 풍부한 냉기.

늦가을 설산 초입부는 스노베리가 자랄 만큼 냉기가 풍부하지 않았다.

그렇다는 이곳에 뭔가 변화가 생겼다는 의미.

루크는 가만히 앉아 주변의 마나를 느껴보았다.

그리고 이내 눈을 번쩍 떴다.

'달라.'

너무나도 미세해서 쉽게 알아차리기 어려웠지만, 분명 주변의 마나가 달라졌다.

정확히는 마나가 머금고 있는 냉기가 달라진 것이다.

어째서?

그 이유까지는 알 수 없었다.

다만 몇 가지 의심스러웠던 사건들이 겹쳐졌다.

율리안이 말했던 최근 설산의 이상한 조짐.

그에 앞서 래비에게 들었던 블루 구스의 빠른 남하.

이 모든 게 그저 우연이라고 하기에는 이상했다.

'아무래도 산 안쪽에서 뭔가 일이 일어나고 있는 것 같은데.'

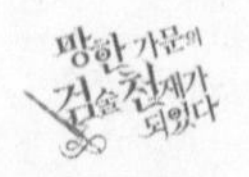

그 뭔가를 확인하는 방법은 하나밖에 없었다.

직접 안으로 들어가 보는 것.

아무래도 이번 작전에 억지로라도 참가하길 잘한 것 같았다.

지금은 슈넬덴이 예전만 못한 상황.

산 안에서의 변화는 뭐가 되었든 지금의 슈넬덴에게 큰 위협이 될 것이다.

원인을 찾을 수 있다면 자신이 미연에 이를 방지할 수도 있으리라.

'집안의 돈 문제를 해결하고 남쪽의 코넬리오를 밀어내고 나니까 이제는 북쪽의 산이 문제냐?'

망한 가문 하나 살리는 게 이렇게나 어려운 일인가.

어쩌 2위 가문을 1위에 올려놓기보다 더 어려운 것 같았다.

루크는 한숨을 푹 내쉬고는 다시 몸을 일으켰다.

이것도 다 내 업보라고 몇 번이고 되뇌며.

'일단 이건 챙겨가자.'

루크는 스노베리를 마저 채집하고는 휴식 장소로 돌아갔다.

휴식 장소로 돌아가 보니, 대부분 테오를 따라 여전히 명상을 하고 있었다.

그들은 테오의 눈치를 보는 것 같았다.

테오가 명상을 끝내면 일어나려는 셈일 터.

그러나 정작 테오는 명상을 끝낼 생각이 없어 보였다.

당연하다.

자신이 뭐라고 했던가.

—나 올 때까지 딱 명상하고 있어.

그렇게 지시했으니 테오는 자신이 올 때까지 일어날 수 없는 것이다.

'말은 잘 듣네.'

루크는 슬쩍 테오 옆으로 다가갔다.

그제야 테오가 말없이 눈을 떴다.

테오의 명상이 끝나자 다른 이들도 기다렸다는 듯 몸을 일으켰다.

그 중엔 6연무장의 기사들도 있었다.

"으으으, 귀 떨어지는 줄 알았네."

"이렇게 추운 날에 명상하니까 그렇지."

"나는 다리에 쥐 났어. 아, 못 일어나겠다."

"기사란 언제 어디서든 수련을 게을리 하면 안 되는 법. 일 공자님께서는 우리에게 그걸 알려 주신 거다."

조장인 브리데커가 그렇게 말하니 조원들은 더 이상 불평을 할 수도 없었다.

이어서 그는 고개를 돌려 루크 쪽을 보았다.

"이 공자님도 마찬가지이십니다."

"뭐? 나?"

갑작스러운 지적에 루크가 어이없다는 눈으로 쳐다봤다.

그러나 브리데커는 흔들리지 않았다.

"감히 한 말씀 드리자면, 일 공자님이 저토록 강하신 데는 다 이유가 있다고 생각합니다."

"아, 그래?"

"이 공자님께서도 일 공자님만큼 강해지시려면 그만큼…… 아니, 그보다 더 많이 수련해야 하지 않겠습니까?"

"푸, 푸웁!"

옆에서 듣고 있던 테오가 기겁을 했다.

분명 추운 날씨였음에도 이마에는 땀이 송골송골 맺혔다.

"야, 야. 그만해! 지금 무슨 소리를 하는 거야?"

"아닙니다. 슈넬덴의 지붕 아래 있는 자로서 어찌 직언을 삼갈 수 있겠습니까? 이게 다……."

"그만하라고 했지? 제발……!"

테오의 눈에는 간절함이 비쳤다.

물론 브리데커는 그 간절함을 읽을 수 없었다.

훨씬 강한 테오가 루크의 눈치를 보고 있을 거란 생각은 하지 못했으니까.

"검은 정직한 법입니다. 평소에 흘린 피, 땀, 눈물이 결과로서 돌아오는 것이지요."

"어이쿠, 그래. 내가 잘못했네."

루크는 과장된 말투로 대답했다.

그럴수록 오히려 테오의 얼굴은 썩어 들어갔다.

"그렇게 강한 우리 형님을 본받아야 했는데 말이야."

"쉬이 넘길 일이 아닙니다."

브리데커도 더 단호하게 말했다.

그 말을 들은 루크는 테오 쪽을 보고 고개를 꾸벅 숙였다.

"아무렴. 형님, 앞으로는 시간 괜찮으실 때 가르침을 부탁드리겠습니다."

"루크, 너까지 왜 그러는 거야?"

"브리데커의 말이 맞아서 그렇지요. 강자존의 슈넬덴에서 약한 동생은 형님을 보고 배워야죠."

"이 공자님, 비꼬는 태도는 올바르지 않습니다."

브리데커가 끼어들자 테오는 이마를 감싸 쥐었다.

마음 같아서는 이대로 어디론가 도망가 버리고 싶었다.

이 사이에 끼어 있는 것보다는 차라리 단신으로 설산을 누비는 게 더 안전할 지경이었다.

"혹 제 직언이 거슬리신다면 슈넬덴의 전통을 따르셔도 됩니다."

"슈넬덴의 전통이라……."

루크의 입꼬리가 올라갔다.

이런 상황에서 통용될 슈넬덴의 전통이라면 바로 '대련'밖에 없었으니까.

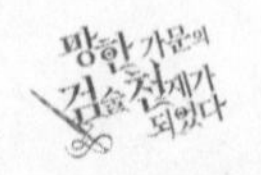

테오는 차라리 고개를 돌려 버리는 쪽을 택했다.

'난 모르겠다.'

지금 테오가 할 수 있는 거라고는 라히츠를 향해 간절한 시선을 보내는 것뿐이었다.

대열 맨 앞에서 큰 목소리가 들려왔다.

"조금 전 조사를 나갔던 레인저들이 복귀했다. 최신 정보를 바탕으로 최종 작전 검토를 할 테니, 조장들은 모두 모이도록."

테오의 바람이 통한 것일까.

라히츠가 둘 사이에 껴서 곤란해하던 그를 구원해 주었다.

"이봐, 브리데커. 라히츠 말 안 들려? 조장들보고 모이라잖아."

테오는 얼른 라히츠를 가리키며 말했다.

"그렇군요. 그럼 전 잠시 다녀오겠습니다."

조장인 브리데커가 먼저 시선을 거뒀다.

그제야 스파크가 튀는 둘의 눈싸움이 끝났다.

하지만 이건 그저 종전이 아니라 휴전일 뿐.

테오도 그걸 알고 있었다.

'브리데커 저놈도 사람 보는 눈 좀 길러야 해.'

테오는 브리데커가 더 이상 자신에게 주접을 떨지 않길 바랐다.

그때마다 루크의 시선이 더 신경 쓰였다.

마치 굼벵이 앞에서 주름이 얼마나 많은지 논하고 있는 것 같은 느낌.

“루크, 혹시나 해서 말하는 건데, 난 그렇게 생각 안 하는 거 알지?”

지레 겁을 먹고는 루크에게 넌지시 말했다.

“뭐가?”

“브리데커 저놈이 한 헛소리 있잖아. 나는 전혀 그렇게 생각 안 한다고.”

“누가 뭐래?”

“아무튼 그렇다는 것만 알아 줘.”

루크의 표정을 보아하니, 아직은 이 상황을 즐기고 있는 것 같았다.

정말 천만다행이다.

루크의 성격을 잘 알고 있는 사람으로서 봤을 때, 지금 루크는 성격을 많이 죽이고 있는 것이다.

만약 자신이 저렇게 말했다면 곧장 대련을 빙자한 구타가 시작되었을 테지.

만약 여기서 브리데커가 조금이라도 더 선을 넘는다면, 그 역시 같은 운명일 것이다.

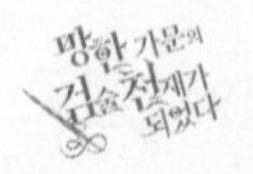

부르르.

그 이후를 생각하니 저도 모르게 몸이 떨려왔다.

'어쨌든 당장은 무마돼서 다행이야.'

바라건대 제발 며칠 동안 둘 사이의 큰 충돌이 일어나지 않기를.

불안한 마음으로 기도하고 있었더니, 잠시 후 브리데커가 돌아왔다.

그의 손에는 지도가 한 장 들려 있었다.

"조금 전 레인저들이 수집한 최신 정보를 바탕으로 작전 최종안이 나왔습니다."

"설명해 줘."

루크가 먼저 대답하자 브리데커가 불편한 심기를 드러냈다.

하지만 일단은 작전을 설명하는 게 우선이었기에, 군말 없이 지도를 펼쳤다.

가장 먼저 파란색 표시가 눈에 들어왔다.

그것은 아군의 병력 배치였다.

라히츠를 비롯한 최정예들이 속한 최전방을 축으로 뒤로 갈수록 점점 넓게 펼쳐지는 진영이었다.

최전방에 가장 강한 전력을 배치해 진행 속도를 높이고, 양옆에 퍼진 조들이 주요 거점을 확보하는 것.

전형적인 슈넬덴의 설산 전술이었다.

그리고 루크의 조가 있는 곳은 가장 최후방이었다.

최전방이 놓친 마물이나 거점을 정리하고, 미연의 사태에 대비해 퇴로를 확보하는 것이 그들에게 주어진 임무였다.

임무 내용에서 알 수 있듯, 설산에서의 경험을 쌓기엔 더없이 좋은 역할이긴 했다.

'그리고 재료를 채집하기에도 제격이고.'

아무래도 전방조들에 비해 전투가 적을 테니까, 중간중간 재료를 채집할 만한 시간도 많을 것이다.

그뿐만 아니라 그러면서 짙어진 설산의 냉기에 대해서도 조사해 볼 수 있을 테고.

"다음으로."

이어서 브리데커는 초록색 표시를 가리켰다.

"우리가 확보해야 할 망루들입니다. 총 두 개죠. 이곳 주변에는 마물들이 있다고 하니, 아마 전투가 벌어질 겁니다."

전투라는 말에 테오의 얼굴이 미세하게 굳는 게 보였다.

"상급 마물들이 있는 곳은 전방조들이 처리해 줄 테니, 크게 걱정하지 않으셔도 됩니다."

"알겠어."

테오의 대답을 들은 브리데커는 문득 그 옆을 보았다.

'이 공자님은 전혀 긴장하고 있지 않군.'

아무리 오크 같은 상급 마물이 없다고는 하지만, 설산에서의 첫 임무는 긴장이 되기 마련이다.

그토록 강한 테오조차 마물이라는 말에 내심 긴장한 모습이 나오지 않던가.

그뿐만 아니라, 설산 경험이 있는 동기들조차 약간은 긴장하고 있었으니 루크의 저런 담담한 반응은 낯설게 다가올 수밖에 없었다.

'둘 중 하나겠지.'

사실은 루크가 엄청난 실력을 숨기고 있거나 또는 그저 자만심에 가득 찬 것이거나.

솔직히 말하자면 후자의 가능성이 더욱 커 보였다.

루크의 실력은 지난번 대련 때 확인했었으니까.

'그건 그때가 되면 알게 되겠지.'

생각을 마친 브리데커는 지도를 집어넣었다.

"그럼 시간도 없으니 서둘러 출발할까요?"

브리데커가 앞장섰다.

테오를 비롯한 다른 기사들이 긴장감이 도는 얼굴로 뒤를 따랐다.

루크는 여전히 덤덤한 걸음으로 그들의 뒤를 따라갔다.

그레이턴 산맥.

일명 설산의 크기는 얼마나 될까?

아직 그 누구도 정확히 측정하지 못했다.

그저 학자와 마법사 들이 모여 '대략 이 정도가 될 것이다.'라고 추측한 수치만 있을 뿐이다.

그도 그럴 것이 그 어떤 탐험가도 설산의 깊숙한 곳까지 직접 들어가 본 적이 없었으니까.

그건 루크가 가주가 되고 슈넬덴이 최전성기를 달리던 시절에도 마찬가지였다.

매서운 추위와 혹독한 환경, 정체를 알 수 없는 마물들까지.

그런 설산의 심부를 조사하기 위해서는 정예 인력을 대거 파견해야 했다.

그러나 그랬다가 자칫 그 인원들이 큰 부상이라도 입는 날에는 가문의 전력이 일순간 감소할 수도 있었다.

그러다 보니 설산은 대륙에서 몇 안 되는 미지의 구역으로 남았고, 설산 안쪽에는 마계와 이어지는 통로가 있을 거란 낭설마저 떠도는 것이다.

그 비밀스러운 설산의 깊숙한 곳.

붉은색의 눈동자와 암녹색 피부를 가진 마물이 어딘가를 향해 허둥지둥 달려가고 있었다.

설산의 추위마저 버틸 수 있는 두꺼운 가죽을 가진 오크였다.

그가 도착한 곳은 자신보다 훨씬 커 보이는 다른 오크의 앞이었다.

그는 커다란 오크 앞에 한쪽 무릎을 꿇었다.

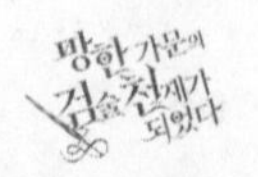

"크르르르."

그의 입에서는 짐승의 그것과 비슷한 소리가 흘러나왔다.

그러나 그건 어디까지나 인간의 기준에서 그런 것.

그들의 귀에는 명확한 의미를 담긴 말로 들렸다.

"달의 족장 쿤달이여, 무슨 일인가?"

"왕이시여, 인간들이 망루를 공격하기 시작했습니다."

"크르르, 계속 잔챙이만 보내더니 드디어 본격적으로 움직이기 시작한 건가?"

오크의 왕은 자신의 발밑을 내려다보았다.

거기엔 인간의 것으로 보이는 해골들이 있었다.

얼마 전 설산에서 실종된 슈넬덴 인원들의 숫자와 일치했다.

파삭.

그는 해골을 발로 밟아 부숴 버렸다.

"제 발로 죽을 곳으로 기어들어 오는군."

"제가 전사들을 이끌고 가 놈들의 머리를 쳐 버리겠습니다."

"아니, 그럴 수는 없다. 전사들뿐만 아니라 고블린이나 코볼트도 일부만 남겨 놓고 후퇴시켜라."

"어째서입니까. 명예로운 전사로서 싸움을 피한다는 건 있을 수 없습니다."

"나 역시 너의 긍지에 대해서는 알고 있으나, 아직은 때가 아니다. 왕의 명령이니 족장은 따르라."

"하지만……."

"크워어어어어!"

오크왕의 괴성이 지축을 울렸다.

일생을 전투에만 바친다는 오크들마저도 그 괴성엔 두려움을 느꼈다.

"죄송합니다."

쿤달도 숨을 죽인 채 왕 앞에 고개를 조아렸다.

"쿤달이여, 나도 인간들이 밀고 들어오는 걸 무작정 보고만 있을 생각은 없다."

왕이 의자에서 일어나자 그 거대한 몸체가 모두 드러났다.

그 모습은 오크가 아니라 차라리 오우거에 가까울 정도였다.

"먹잇감이 수중에 들어올 때까지 기다리고 있는 것뿐이지."

오크왕의 입가가 기괴하게 뒤틀렸다.

그제야 쿤달과 다른 오크들도 이해가 간 듯 고개를 끄덕였다.

"나도 궁금하구나. 독 안에 든 인간들이 어떻게 될지."

오크왕의 붉은 눈동자가 섬뜩한 빛을 띠었다.

그 눈에는 퇴로가 막힌 채 학살당하는 인간들이 모습이 비치고 있었다.

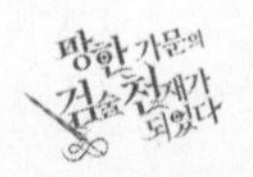

바로 코앞조차 보이지 않을 정도로 불어닥치는 눈보라.

옆 사람의 말소리마저 집어삼키는 혹독한 바람.

사람들이 일반적으로 생각하는 설산의 모습이다.

그러나 설산을 오르는 사람들은 그것이 설산의 아주 일부분에 불과하다는 걸 알고 있다.

오히려 어떤 날은 나뭇잎이 눈 위에 떨어지는 소리가 들릴 정도로 고요할 때도 있다.

그리고 이런 날은 등산가들의 긴장감은 배가된다.

날씨가 혹독할 때를 피하는 건 마물들도 마찬가지.

그러니까 눈발이 약해질수록 마물들과 마주칠 확률도 높아진다는 의미였다.

루크와 테오가 있는 후방조 역시 긴장을 유지한 채로 조금씩 앞으로 나아가는 중이었다.

꿀꺽.

누군가 침 삼키는 소리가 들렸다.

잔뜩 긴장한 조원들이 일제히 소리가 난 쪽을 돌아보았다.

"미, 미안."

엘린이 흠칫 놀라며 말했다.

검을 꼬나 쥔 손에 힘이 바짝 들어간 걸 보니 긴장을 많이 한 모양이었다.

그 모습을 본 조원들은 고개를 절레절레 저으며 다시 앞을 보았다.

'소심한 것도 저 정도면 병이야.'

루크도 고개를 젓긴 마찬가지였다.

엘린의 감각은 마음먹고 은신한 루크의 기척을 눈치챌 뻔했을 정도.

그런 재능을 살릴 수만 있다면 분명 우수한 기사가 될 수 있을 것이다.

그러나 저런 배짱으로는 아무리 뛰어난 재능을 가졌더라도 기사가 될 수 없었다.

'재능이 아깝다. 아까워.'

저 녀석에게 배짱이 조금만 있었더라도 키워 볼 만했을 텐데.

루크가 속으로 입맛을 다시고 있을 때였다.

척.

브리데커가 주먹을 들어 올렸다.

앞쪽에 몬스터가 발견되었다는 의미였다.

"목표 망루 옆에 고블린 무리가 있습니다."

고블린의 숫자는 대략 60마리로 파악됩니다."

브리데커는 테오가 있는 쪽으로 고개를 돌렸다.

자신이 조장이긴 했지만, 아무래도 테오가 있으니 그의 의견을 듣기 위함이었다.

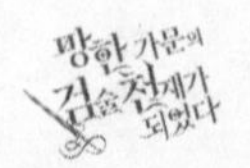

"그리 강한 녀석들이 아니니 정공법으로 나가도 될 것 같습니다."

브리데커는 테오에게 물었지만, 정작 테오는 대답하기 전에 루크 쪽을 쳐다보았다.

루크가 고개를 끄덕이자 비로소 테오도 고개를 끄덕였다.

"좋아."

지금 원정대는 커다란 진영을 유지한 채 앞으로 나아가는 중이었다.

각 조 간의 간격이 벌어진다면 자칫 진영 자체가 무너질 수도 있을 터.

그러니 간격 유지는 첫째로 신경 써야 할 부분이었다.

상대가 오크도 아니고 고작 고블린 정도라면 정면 돌파하는 편이 시간을 아끼기에도 좋았다.

'어차피 오늘은 몸 풀기 삼아 가까운 망루만 확보하는 거기도 하니까.'

루크가 강공을 승인한 이유였다.

물론 브리데커의 눈에는 루크가 그렇게 깊은 생각을 한 것처럼 보이지는 않았다.

'일 공자님께서 쳐다보니까 얼결에 고개를 끄덕였을 테지.'

테오가 루크 쪽을 본 이유도 아마 동생의 면을 세워 주기 위함일 것이다.

브리데커는 테오의 그런 행동마저도 마음에 들지 않았다.

'그런다고 다른 사람들이 이 공자님을 존중하는 것도 아닌데.'

하지만 굳이 거기까지 토를 달지는 않았다.

슈넬덴에서는 실력이 곧 서열.

실제 전투가 벌어지면 자신이 루크를 존중해야 할지, 아니면 지적해도 될 것인지 정해지게 될 것이다.

"후읍."

브리데커는 숨을 한 번 들이쉬더니.

"전원 돌격!"

큰 목소리로 외치며 앞으로 달려 나갔다.

"우와아아아!"

조원들도 바로 그 뒤를 따라갔다.

설원에서의 첫 번째 전투가 시작되었다.

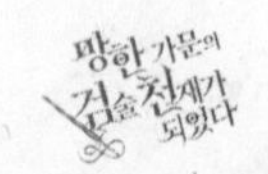

Chapter 2

"키에에엑!"

고요한 설원에서 갑작스럽게 들려온 함성에 고블린들이 깜짝 놀랐다.

당황한 고블린들이 부랴부랴 몽둥이를 집어 들었다.

그러나 기사들은 이미 고블린의 지근거리까지 다가간 상태.

기사들의 검이 번쩍였다.

서걱!

"키엑."

"캬아아아악!"

고블린들은 무기력하게 머리가 잘려 나갔다.

"망루 위에도 고블린이 있다. 원거리 공격에 주의해!"

브리데커의 목소리가 전장에 울려 퍼졌다.

망루 위에는 고블린들이 원시적인 활을 들고 서 있었다.

피유웅—!

채채채챙.

아무리 원시적인 활이라도 머리 위에서 쏟아진 탓에 위험할 수도 있었다.

그러나 기사들도 미리 준비한 덕분에 화살 공격으로 인한 피해는 전혀 없었다.

"엔, 토비, 너희가 망루를 맡아라. 나머지는 밑에 녀석들을 밀어."

브리데커의 능숙한 지휘 아래 후방조는 빠르게 고블린들을 베어 나갔다.

루크는 약간 물러선 채로 그 모습을 관망하고 있었다.

'저 녀석도 건방진 것만 빼면 실력은 꽤 괜찮아.'

브리데커가 괜히 6연무장의 기장을 맡은 게 아니었다.

개인 실력뿐만 아니라 통솔력도 일품인 녀석이었다.

물론 아직 부족한 점이 여기저기 보이긴 했지만, 다 망해가던 슈넬덴의 상황을 생각해 보면 아주 귀한 인재였다.

'테오도 알아서 잘하고 있고.'

합동 전투는 처음이라 아직 다른 인원들과 잘 어울리는 건 아니었다.

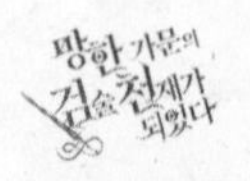

그래도 단독 전투 요원으로서 고블린들을 척척 베어 나갔다.

설산에서의 첫 전투라는 걸 감안해 보면 대단한 활약이었다.

'이 정도면 망루는 금방 처리하겠……. 음?'

루크는 뒤쪽을 돌아보았다.

수풀에 가려 잘 보이지는 않았지만, 분명 몬스터의 기운이 느껴졌다.

기습인가?

잠깐 그런 가능성도 생각했다.

하지만 그러기엔 거리도 멀었고, 무엇보다 이쪽을 공격하려는 것 같지도 않았다.

'오히려 도망가는 것 같은데.'

설산의 마물들은 성질이 흉포하기로 유명했다.

저기 망루 위에서 뛰어내리는 고블린들처럼 동귀어진을 하면 했지, 도망가는 경우는 거의 없었다.

그럼 무엇 때문에 마물들이 적의도 없이 저렇게 조심스럽게 이동한단 말인가.

꼭 몰래 우회라도 하는 것처럼.

잠깐 생각에 잠겼을 때였다.

"키에에에엑!"

머리 위에서 고블린의 괴성이 들려왔다.

나무 위에 숨어 있던 녀석이 루크와 사생결단이라도 할 셈으로 뛰어내린 것이다.

"루크, 머리 위!"

그걸 본 테오가 소리를 질렀다.

정수리 위라는 완전한 사각에서 들어오는 기습적인 공격.

저런 건 아무리 루크라도 쉽게 반응하기는 어려워 보였기 때문이다.

테오는 자신이 베이는 것을 감수하고 상대하고 있던 고블린에게서 몸을 돌렸다.

촤악.

"윽."

경갑이 방어하지 못하는 곳으로 고블린의 도끼날이 스쳤다.

그러나 테오에겐 반격할 여유는 없었다.

그보다 먼저 루크를 구하는 게 우선이었으니까.

'거리가 멀어.'

테오는 하는 수 없이 루크의 머리 위를 향해 검을 집어 던졌다.

그러나 루크는 너무나 느긋하게 말하며 검을 휘둘렀다.

"보통 마물은 이래야 하는데 말이야."

촤악!

"크르륵."

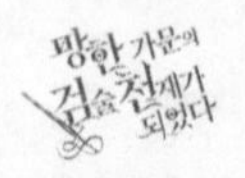

루크의 검날이 번쩍이는가 싶더니, 고블린의 몸이 두 동강이 나고 말았다.

푹!

반쪽만 남은 고블린의 몸에 뒤늦게 테오의 검이 박혔다.

"……."

테오는 할 말을 잃은 채 루크를 보았다.

루크는 그 검을 집어 들더니 테오에게 혀를 찼다.

그 모습이 어찌나 여유로운지, 이곳이 전장이 아니라는 착각마저 들었다.

"쯧쯧, 전장에서 함부로 검을 던지면 안 되지."

"아……."

"전장에선 누가 뒈지든 자기를 먼저 지키는 거야. 스스로를 지킬 여유가 된 다음에 다른 사람을 보는 거고. 알겠어?"

"으, 응."

"빨리 마무리나 하러 가자. 망루 확보부터 해야지."

루크는 테오에게 검을 넘겨준 후 유유히 걸어갔다.

머쓱해진 테오는 머리를 긁적였다.

하긴 지금 누가 누구를 걱정한단 말인가.

상대는 눈을 감고도 자신을 갖고 놀던 녀석인데.

'내 전투에나 신경 쓰자.'

테오는 머쓱함을 털어 내고는 다시 전장으로 돌아갔다.

그러나 그는 모르고 있었다.

조금 전 고블린의 갑작스러운 기습에 반응한 이는 루크와 테오, 단둘뿐이었다는 걸.

"마지막 녀석 처리했어!"

"망루 위도 완전 확보."

"주변에 다른 마물도 안 보여."

보고를 들은 브리데커의 표정이 밝아졌다.

첫 전투에서 어떤 사상자도 없이 승리했기 때문이다.

"신호 화살을 쏴라. 우리가 첫 번째 망루를 확보했다."

브리데커의 말을 들은 기사가 활을 들어 올렸다.

활에 먹인 화살이 좀 특이하게 생겼는데, 그 끝에는 녹색 깃발이 걸려 있었다.

피유우우웅—!

펄럭.

화살이 하늘 높이 솟아오르자 그 뒤에 매달린 녹색 깃발이 나부꼈다.

다른 조에게 망루 확보에 성공했음을 알리는 신호였다.

'이게 아직도 쓰이고 있구나.'

루크는 반가운 눈으로 그 화살을 보았다.

이는 200년 전 자신이 직접 개발한 방법이었다.

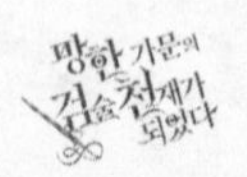

냉기를 잔뜩 품은 설산의 마나는 연락 수정구의 통신을 방해한다.

그렇다고 최고급 연락 수정구를 소모품으로 사용할 수도 없는 노릇.

그래서 화살 끝에 큰 천을 달아 소통하는 방법을 개발했다.

그 덕에 슈넬덴은 전보다 더 넓고 큰 대열을 이룬 채, 설산을 누빌 수 있게 된 것이다.

슈넬덴이 설산에서 가장 많은 망루를 확보하게 된 것도 그때쯤이었고.

그리고 잠시 후.

피유우우웅—!

대열 좌측에서 녹색 깃발이 걸린 화살이 여럿 올라왔다.

다른 조들도 비슷한 시간에 전투가 끝난 모양이었다.

그 모습을 본 루크는 눈물이 찔끔 흐를 뻔했다.

고작 망루 확보에 뭐 그렇게 오버를 하냐고?

그 '고작'조차 혼자 힘으로 못 해서 코넬리오를 부르려 하지 않았던가.

그 녀석들이 이만큼이나 성장해서 승전고를 울려 대고 있으니, 이보다 감격스러울 수가 없었다.

'그 고생을 해서 비전을 넘기고 수련 시설을 다시 지어 준 보람이 있네.'

성공의 경험이라는 건 중요하다.

자신들이 혼자서 해낼 수 있다는 것을 알게 되었으니, 이번 경험을 바탕으로 슈넬덴은 더욱 강해질 것이다.

'그럼 나도 내 일을 하러 가 볼까?'

루크는 모두가 전투를 마무리하는 사이, 혼자서 슬며시 뒤로 빠졌다.

"또 어딜 가려고."

테오가 루크의 움직임을 눈치챘다.

"브리데커 녀석이 잔뜩 벼르고 있잖아."

"그게 왜?"

루크가 순수한 목소리로 물었다.

거기에 대답할 거리를 찾지 못했다.

그의 말이 맞았다.

브리데커가 벼르고 있는 게 무슨 상관이란 말인가.

그렇긴 한데…….

"괜히 저 녀석이 너한테 시비 걸었다가 쥐여 터질까 봐 그러지."

"에이, 내가 그렇게 경우 없는 사람인 줄 아나? 누가 들으면 난 뭐 맨날 패는 줄 알겠어."

"아니었어?"

"……."

"……."

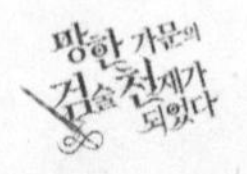

잠깐의 정적이 흘렀다.

그사이 테오의 머릿속에는 앞으로 벌어질 일들이 떠올랐다.

'배부터 때리겠지? 아니, 아니야. 정강이부터 걷어차고 내가 숙이면 배를 때릴 거야.'

어쩌면 눈으로 좇아가지 못할 정도의 속도로 면상을 갈겨버릴 수도 있었다.

뭐가 됐든 죽었겠구나 생각하고 있을 때였다.

루크가 어느새 저 멀리 가 버렸다.

"아무튼 난 할 일이 있어. 브리데커가 신경 쓰면 형이 알아서 그놈 시선을 끌어 줘."

"내가?"

"응, 그러려고 그 고생을 해 가며 형을 설산까지 데리고 온 거잖아."

"……."

쿠쿵-!

테오의 머릿속에선 천둥이 쳤다.

'저 악마 같은 놈! 이러려고 날 그렇게 미친 듯이 훈련시킨 거구나!'

이제야 진실을 알게 된 테오는 충격에 빠진 채로 뒷걸음질 쳤다.

루크는 그런 테오를 향해 어깨를 으쓱하고는 수풀 사이로 사라졌다.

루크가 떠나간 후에도 테오는 한동안 충격에서 벗어나지 못했다.

루크의 손에는 엘릭서의 재료가 될 것들이 한가득 들려 있었다.

확실히 그가 알던 것보다 재료가 훨씬 풍부했다.

이 정도 속도라면 금방 목표치를 채울 수 있을 것 같았다.

아마 이것도 묘하게 강해진 냉기 덕분이리라.

'이쯤인가?'

루크의 발걸음이 멈췄다.

이곳은 조금 전 전투 때 느껴졌던 몬스터들이 있던 곳이었다.

루크는 천천히 주변을 살펴보기 시작했다.

눈 위에 찍힌 발자국, 한쪽으로 누운 수풀, 꺾인 나뭇가지 등.

온갖 흔적이 루크의 눈에 들어왔다.

이로써 확실해졌다.

조금 전 여기로 고블린 수십 마리가 지나갔었다.

심지어 딴에는 흔적들을 지워 놓기까지 했다.

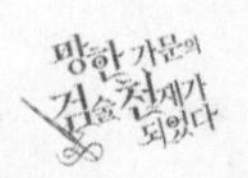

'고블린들이 이렇게 지능적으로 움직인다고?'

아무리 설산의 마물들이 다른 곳과는 다르다지만, 고블린이 이토록 조직적이고 지능적이지는 않았다.

그렇다면 떠올릴 수 있는 가능성은 하나.

더욱 상위 개체가 있고, 그 녀석들의 지휘 아래 고블린이 움직였다는 것이다.

그리고 설산에서 고블린을 조직적으로 운용할 만한 상위 개체는 몇 종 없었다.

그중 가장 먼저 떠오른 건 오크.

실질적인 설산의 지배자이자, 슈넬덴이 이곳에 터를 잡은 가장 큰 이유이기도 한 녀석들.

'그놈들이 본격적으로 움직일 시기는 아직 멀었는데.'

보통 설산 오크는 설산의 먹을 것이 완전히 떨어지는 한겨울이 되어야 움직이기 시작한다.

그러나 가능성이 완전 없는 건 아니었다.

예정보다 일찍 남하한 블루 구스, 평소보다 더 강해진 설산의 냉기.

이처럼 설산의 시계가 빨라졌다는 단서는 많았다.

그렇게 생각해 보면, 오크가 평소보다 빨리 움직이는 것도 그리 이상할 건 아니었다.

다만 신경이 쓰이는 게 한 가지 더 있었다.

'오크들이 전투가 아닌 후퇴를 택했다라…….'

오크들은 다른 마물들보다 몇 배는 더 호전적인 족속들이다.

과거에는 겨울만 됐다 싶으면, 죽을 걸 알면서도 설산의 온갖 마물들을 이끌고 방벽을 공격해 댔을 정도다.

그 본성이 어디 가겠는가.

아마 방금처럼 망루가 공격당했다면 명예니, 긍지니 하며 달려들었을 것이 뻔하다.

그런데 그런 오크가 다른 마물들을 빼돌리고 있다니.

그 부분은 쉽게 이해가 되지 않았다.

'그런 적이 아예 없는 건 아닌데.'

바로 수십 개가 넘는 오크 부족을 아우르는 왕이 등장했을 때.

왕의 압도적인 기세는 오크들의 본능적인 투기마저도 억누른다.

그때는 왕의 통제에 따라 모든 오크들이 전략적으로 움직이는 것이다.

과거 루크도 그런 오크들과 겨뤘던 적이 있었다.

고블린이 게릴라전을 펼치는가 하면 오크들이 포위 작전을 구사했었다.

마물들에 비해 부족한 신체 능력을 전술로 보완하던 인간들에겐 그야말로 공포와도 같았던 시간.

설마 그때처럼 오크왕이 나타난 것일까?

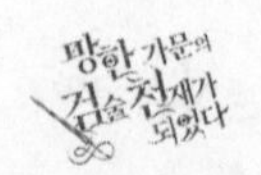

'이번 한 번만으로 확신할 수는 없어.'

오크 중에는 간혹 돌연변이처럼 투지가 없는 녀석들도 있었으니까.

그런 녀석들이라면 승산이 없다고 판단하고 도망치는 것을 택할 수도 있었다.

사실 가능성으로만 따져 보면 오크 부족을 통합한 왕이 등장하는 것보다 후자가 더 있을 법했다.

하지만 어째서인지 루크는 불안한 예감을 버릴 수가 없었다.

마음 같아서는 좀 더 주변을 둘러보며 조사해 보고 싶었지만, 그럴 수는 없었다.

이제 곧 전장 마무리가 끝날 것이기 때문.

'아직 시간은 좀 더 있으니까 그때까지 좀 더 알아봐야겠군.'

루크는 불안한 마음을 애써 억누르며 망루로 돌아갔다.

"이 공자님 어디 가셨는지 아는 사람 있어?"

브리데커가 주위를 두리번거리며 말했다.

아까부터 아무리 주변을 둘러보아도 루크의 모습이 보이지 않았다.

생각해 보면 전투 때도 그랬다.

전체적인 전황을 살피느라 한 명, 한 명 자세히 본 것은 아니었지만, 그럼에도 테오는 눈에 띌 정도로 활약을 했다.

그에 비해 루크는 어땠는가.

애당초 제대로 보이지도 않았다.

그러다 잠깐 고개를 돌렸을 때, 전투에 제대로 참여하지 않고 있는 둘이 보였다.

그중 한 명은 엘린이었다.

녀석은 겁에 잔뜩 질린 채로 돌처럼 굳어 있었다.

전투에 참여하기는커녕 도망치지 않을까 걱정될 정도였다.

뭐 그 녀석이야 원래 그런 녀석이니 그렇다고 치고, 다른 한 사람이 누구겠는가?

바로 루크였다.

그는 전장에서 한 발자국 떨어진 채로 전투를 관망하고 있었다.

'예상은 하고 있었건만.'

그래도 일각에는 자신이 착각하기를 바랐다.

테오 같은 인재가 한 명 더 있다면 그만큼 슈넬덴은 더욱 발전하게 될 테니까.

하지만 이번 전투로 그 바람은 산산이 조각나고 말았다.

슈넬덴의 희망은 오직 테오 슈넬덴 한 명뿐이었다.

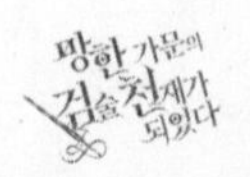

그가 한창 실망하고 있을 때, 그 유일한 희망이 다가왔다.

"루, 루크는 왜?"

"이 공자가 전장 정리를 하는 내내 보이지 않으십니다."

"아, 그래? 이상하네. 조금 전까지 나랑 같이 있었는데."

테오는 최선을 다해 변명해 댔다.

둘의 충돌은 어떻게든 막고 싶었다.

분명 루크는 '내가 맨날 패는 사람이냐?'고 말했을 뿐, 브리데커를 패지 않을 거라고 명확하게 말한 건 아니었다.

상황에 따라서는 얼마든지 주먹이 나갈 수도 있다는 의미였다.

이를테면 더는 참지 못한 브리데커가 슈넬덴의 법도에 따라 결투를 하자고 한다거나.

어쩌면 루크는 그런 상황을 기다리고 있는 걸지도 몰랐다.

아무튼 그런 상황은 반드시 막아야 했다.

"휴, 일 공자님."

브리데커가 한숨을 무겁게 내뱉었다.

"그렇게 감싸고돈다고 해서 해결될 문제가 아닙니다."

"뭐, 뭐가?"

"형으로서 동생의 잘못을 지적해야지요. 그런 태도는 이 공자에게도 전혀 도움이 안 됩니다."

"아니, 내가 루크를 감싸고도는 게 아니라니까."

"솔직히 말씀해 주십시오. 이 공자는 어디 갔습니까?"

"……."

저 물음에 대답해 줄 말이 없었다.

사실 그도 루크가 어디로 간 건지는 몰랐으니까.

브리데커는 그것마저도 루크를 끼고 도는 거로 생각한 모양이다.

"이게 다 이 공자를 위해서 그렇습니다. 이 공자 정도의 실력으로 설산에서 단독 행동을 하면 위험합니다."

"그러니까 그 실력 이야기 좀……!"

테오가 화들짝 놀라며 그 입을 막으려 했지만, 이미 늦어 버렸다.

"무슨 일이야?"

어느새 루크가 돌아온 것이다.

애당초 저렇게 소리 소문 없이 불쑥 나타나는 녀석인데, 뭔가 숨겨진 실력이 있을 거라고 생각하면 안 될까?

그러나 테오도 알고 있었다.

무릇 사람이란 직접 겪어 보기 전까지는 불가사의한 일을 절대 믿지 않는다는 걸.

"이 공자님, 어디 다녀오셨습니까?"

브리데커가 까칠한 목소리로 물었다.

"잠깐 주변 좀 둘러보고 왔어. 다른 마물들이 있나 싶어서."

브리데커의 인상이 찌푸려졌다.

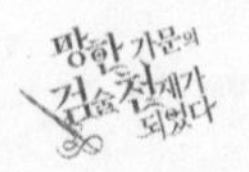

전투에도 참여하지 않았으면서, 전장 마무리도 빼먹고 혼자서 돌아다니는 모습이 마음에 들지 않은 것이다.

“공자님, 슈넬덴의 법도에는 어디에도 혈통에 대한 이야기는 없습니다. 이곳에선 오직 순수한 힘만이 서열이죠.”

“근데?”

“강자로서 말씀드리겠습니다. 전후에 개인행동을 하는 건 당장 그만두십시오.”

“자, 잠깐만!”

둘의 분위기가 심상치 않자, 테오가 깜짝 놀라며 달려왔다.

“다들 진정하고. 망루도 확보했으니 얼른 출발해야지.”

“아뇨, 이번에는 확실하게 짚고 넘어가야겠습니다.”

브리데커는 날이라도 잡은 것처럼 단호하게 말했다.

“여기서 제 지시를 거부할 수 있는 분은 일 공자님뿐입니다.”

테오의 얼굴이 새파래졌다.

그는 곧바로 루크의 표정부터 확인했다.

얼마 전까지만 해도 가문 최고의 망나니 녀석이 고작 동생이 화날까 봐 걱정하는 것도 우스웠다.

그러나 여기서 루크의 심기가 틀어지는 것보다 무서운 일은 없었다.

“루크……?”

다행히 루크가 곧장 브리데커의 면상을 갈기는 장면은 나오지 않았다.

루크는 비릿한 미소를 띤 채 고개를 끄덕였다.

“맞는 말이야. 슈넬덴에서는 힘이 곧 서열이지. 그 말은 계속 기억해 둬.”

그러고는 몸을 돌려 버렸다.

브리데커는 여전히 못마땅한 듯 루크를 쳐다보았다.

여기서 그 말의 의미를 알고 있는 건 오직 테오밖에 없었다.

‘오늘은 살긴 했는데, 너 나중에 어떡하려고.’

테오는 아무것도 모르는 브리데커를 보며 혀를 쯧쯧 찰 뿐이었다.

그날 밤.

첫날 임무를 마친 원정대가 주변에서 가장 큰 망루로 집결했다.

각 조장들은 라히츠의 천막에 모여 전투 결과를 자세하게 보고했다.

그동안 다른 인원들은 부상당한 곳을 치료하거나 모닥불 앞에 모여 앉아 휴식을 취했다.

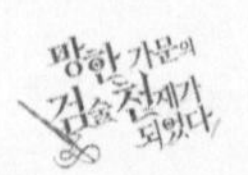

"으윽."

"조금만 참아. 이거 지금 소독 안 하면 나중에 덧나."

"망할 코볼트 새끼들."

"그래서 네가 코볼트 대가리 몇 개는 더 깼잖아."

꽤 큰 상처를 치료하고 있었음에도, 그 기사의 표정은 밝아 보였다.

비단 그 기사뿐만 아니었다.

한쪽에서 무기를 정비하고 있는 기사도, 동료들과 자신의 성과를 경쟁하고 있는 기사도, 맥주 한잔을 걸치며 '크으' 소리를 내는 기사까지도.

모두들 밝은 표정이었다.

"얼마 만에 우리가 이겨 보냐."

맥주잔을 내려놓은 기사가 한 말에 모두가 고개를 끄덕였다.

슈넬덴의 잃어버린 200년.

그 기간 동안 줄곧 패배만 해 오던 그들에게 처음으로 얻은 승리는 그렇게 뿌듯할 수 없었다.

그러나 모든 이의 표정이 그렇게 좋기만 한 건 아니었다.

모닥불의 온기가 잘 닿지 않는 곳.

그곳에 몸을 숨기듯 앉아 있는 기사가 한 명 있었다.

누가 보더라도 주변에 잘 어울리지 못하는 것 같았다.

"어딜 그렇게 보고 있어?"

테오가 한쪽으로 시선이 쏠려 있는 루크를 보고 물었다.

그의 시선을 쫓아가 봤더니, 굳이 대답을 들을 필요는 없어 보였다.

"저 녀석, 이름이 뭐였더라. 엘린이라고 했나?"

"맞아."

"동기들이랑 잘 못 어울리는 것 같던데."

"그럴 만하지."

엘린처럼 극도로 소심한 사람은 단체에서 어울리기 힘들다.

게다가 그는 오늘 전투에서 한 게 거의 없었다.

오히려 허둥대는 바람에 진영이 무너질 뻔했다.

자신의 등을 믿고 맡겨야 하는 동료가 저렇게 미덥지 못하니, 동료들에게 환대를 받지 못하는 것이 당연할 터.

"저런 녀석이 어떻게 기사가 된 건지."

테오도 다른 이들과 비슷한 소리를 했다.

뭐 어느 정도는 맞는 말이었다.

하지만 엘린이 가진 진짜 재능을 안다면 그런 소리는 못 했을 것이다.

그 재능 때문에 루크도 엘린에게서 눈을 떼지 못하는 것이었으니까.

"화로랑 땔감 좀 줘 봐."

"그건 왜?"

"저렇게 두면 감기 걸려."

루크는 화로와 땔감을 챙겨 엘린에게로 갔다.

툭.

화르륵-!

자기 앞에 작은 모닥불이 놓이자, 엘린은 깜짝 놀라며 위를 올려다봤다.

"아, 이 공자님."

"설산에서는 체온 유지를 제일 신경 써야 해."

"감사합니다."

"잠깐 앉아도 되지?"

"무, 물론이죠! 아, 잠시만요."

엘린은 다급하게 돌 위를 털어 내려 했다.

그러나 루크가 앉는 게 더 빨랐다.

"됐어. 어차피 이미 먼지투성이인데."

"그렇군요."

엘린은 몸을 부르르 떨었다.

설산의 추위에 잔뜩 얼어 있던 몸이 녹아내렸기 때문이다.

"앞으로는 우리 쪽에 와서 불 쬐. 감기 걸리면 그것대로 전력 손실이야."

엘린이 루크를 올려다봤다.

그의 입가엔 자조적인 웃음이 비쳤다.

"그러기엔 몸이 멀쩡해도 전력에 도움이 되지 않는걸요."

"하긴 그렇게 겁이 많으니."

"죄송합니다."

엘린이 고개를 꾸벅 숙였다.

"그렇게 겁도 많으면서 검은 왜 든 거야?"

처음부터 궁금했다.

분명 재능은 있지만, 저렇게 유약한 심성을 가진 녀석이 왜 검을 들게 된 건지.

분명 그 계기가 있을 것이다.

"……."

엘린은 잠깐 입을 다물더니, 다시 말을 이었다.

"저는 어릴 적 슈넬텐 기사들의 손에 거둬졌어요."

"알고 있어."

"그럼 제가 산적들이 휩쓸고 간 마을의 유일한 생존자라는 것도 알고 계시겠군요."

"그렇지."

위기의 순간 부모는 아이라도 살았으면 하는 마음에 아이를 어딘가에 숨겨 놓거나 빼돌린다는 이야기.

더러 들을 수 있는 이야기였다.

아마 엘린도 그렇게 살아남은 아이 중 하나였을 것이다.

"그날 어머니는 제 손에 검을 꼭 쥐여 주셨어요. 몇 번이고 확인하시고는 밖으로 나가셨죠."

그때가 생각난 것일까.

엘린의 눈가에는 눈물이 맺혔다.

"그놈들 손에 부모님이 죽는 걸 본 순간부터는 기억이 하나도 안 나요. 그냥 눈떠 보니 마을을 습격한 산적들은 모두 죽어 있었고, 제 손에는 어머니께서 쥐여 주신 검이 들려 있었죠."

엘린은 바닥에 놓여 있던 검을 들어 올렸다.

"전 그때 큰 충격을 받아서인지 당시의 기억이 잘 나지 않습니다. 하지만 이렇게 검을 쥐고 있을 때만큼은 그때가 또렷하게 떠올라요."

검을 쥔 손에 힘이 꽉 들어갔다.

흐릿하던 부모님의 얼굴.

검을 쥐여 주던 어머니의 손길.

거기서 느껴지던 따뜻함.

부모님을 죽인 놈들에 대한 분노.

그리고 마을을 지키지 못한 무력함.

잊혀 가던 기억들이 다시금 떠올랐다.

"그럼 그때의 기억과 감정들을 잊지 않고 싶어서 검을 들었던 건가?"

"네, 하지만 요즘은 검을 놓을까 싶기도 해요."

"어째서? 절대 잊고 싶지 않은 기억이잖아."

"잊지 않고 싶다는 이유로 검을 잡기엔 제가 너무 나약해서요. 남들에게 피해만 되고."

"흠."

루크는 몸을 일으켰다.

그의 입가엔 묘한 만족감이 비쳐 보였다.

"어쨌든 가능성은 있겠네."

"예? 가능성이라니요?"

"아무것도 아니야. 어쨌든 적어도 설산에 있는 동안만큼은 검을 놓지 마. 이곳은 그 검을 놓는 순간 살아남지 못하는 곳이니까."

"네."

"나도 이제 가 봐야겠다. 불은 여기 두고 갈게."

루크는 먼지를 툭툭 털고는 다시 테오가 있는 곳으로 돌아갔다.

엘린은 멍하니 그의 뒷모습을 바라보고 있었다.

"쟤랑 무슨 이야기를 그렇게 했어?"

돌아오자마자 테오가 호기심 어린 눈으로 물었다.

루크가 저토록 관심을 가지는 녀석은 처음이었기 때문이다.

"그냥 가진 재능이 얼마나 되는지 확인하고 왔어."

"재능? 저 소심한 애한테?"

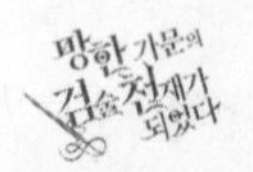

"잘만 크면 형만큼은 될 것 같던데."

자신과 비슷한 재능이라는 말에 테오가 경계심을 비쳤다.

"잘못 본 거 아니야?"

"뭐 아직 확실한 건 아니야."

루크는 엘린이 했던 말을 떠올려 보았다.

'습격했던 산적들은 모두 죽어 있었고, 자기 손에는 검이 들려 있었다. 하지만 그때의 기억은 없다라…….'

예상가는 상태가 있었다.

신검합일.

일정 경지에 이른 기사가 몸과 검이 하나가 된 것 같은 상태를 말한다.

아마 엘린도 초보적인 수준에서 신검합일을 경험한 것이리라.

검을 한 번도 배워 본 적 없는 어린아이가 위기의 순간 저도 모르게 그 경지를 일깨운 것이다.

괜히 테오와 비슷한 재능이라고 평가한 것이 아니다.

만약 엘린이 그 경지까지 각성시킬 수 있다면, 분명 슈넬덴에는 큰 저력이 될 것이다.

더불어 테오와 함께 또다른 연막이 되어 줄 수 있을 것이고.

하지만 지금 당장 그를 키우기로 결정한 건 아니었다.

완벽히 다루지 못하는 칼은 언제든 되레 자신을 칠 수 있는 법.

칼을 갈기 전에 먼저 그 칼의 본성을 검증해 볼 필요가 있었다.

'마침 그럴 만한 기회도 있겠고.'

이곳은 치열한 전투가 벌어지는 설산이었으니까.

❀

설산에서의 망루 확보 작전이 시작된 지도 벌써 3일이 흘렀다.

그동안 슈넬덴은 꽤 많은 망루를 되찾는 데 성공했다.

지난 200년간 잃어 갔던 망루의 약 8할을 수복한 것이다.

이것만으로도 한동안 끊겼던 설산의 정보를 수집할 수 있을 터.

그러나 슈넬덴은 이쯤에서 멈출 생각이 없었다.

나머지 2할의 망루까지 모두 확보함으로써 설산에서의 영향력을 200년 전으로 되돌리는 것.

그것이 이번 작전의 최종 목표였다.

그리고 오늘이 그 나머지 2할을 되찾으러 가는 날이었다.

후방조 인원들도 일찍부터 망루 앞에 집합했다.

"이번에 가는 곳에서는 설산 오크를 만날 수도 있다던데."

"설산 오크든 설산의 오우거든 간에 다 대가리를 깨 버리

면 되지."

"으하하하! 맞는 말이야."

"들어 보니까 옛날에는 오크 빼드렁니 개수로 기사들끼리 내기했다던데."

"그래? 그럼 우리도 한번 해 봐?"

후방조의 분위기는 작전 첫날과 사뭇 달라 보였다.

그건 다른 조도 마찬가지였다.

그들의 얼굴에서 비치던 묘한 긴장감은 이제 더 이상 찾아볼 수 없었다.

인간은 적응의 동물이자 자만의 동물이라고 했던가.

딱 그 표현이 어울리는 상황이었다.

이어지는 승리의 경험으로 원정대는 설산에 적응했다고 자만하는 것이다.

정작 설산의 무서움은 지금부터라는 것도 모르고.

"루크, 저 빼드렁니 이야기 들었냐? 우리도 내기 한번 해볼까?"

루크가 테오를 째려보았다.

그 눈빛이 어찌나 따갑던지, 테오는 깜짝 놀라며 뒤로 물러났다.

"조크, 조크. 그냥 네가 너무 긴장한 것 같길래 농담 한번 쳐 본 거야."

"내가 긴장한 것 같다고?"

"평소에는 전혀 아무렇지도 않다가, 오늘은 아무 말도 없잖아."

"이건 긴장한 게 아니야. 진지해진 거지."

"진지해져?"

루크가 진지해졌다니.

그 말에 테오도 덩달아 긴장이 되는 것 같았다.

"지금 우리가 어디로 간다고 생각해?"

"눈 덮인 골짜기."

"거기가 어떤 곳인지도 알겠지?"

"설산 오크들이 나다니는 곳이잖아."

"그걸 아는데 그렇게 안일하게 굴어?"

그건 비단 테오에게만 하는 말이 아니었다.

오크는 다른 마물들과 다르다.

그리고 설산의 오크는 그냥 오크들과는 또 다르다.

녀석들은 압도적인 힘과 머릿수로 기사들을 몰아붙인다.

아무리 베어 넘겨도 녀석들은 두려움은커녕, 더욱 짙은 살기를 내뿜으며 달려든다.

그렇기에 아무리 숙련된 슈넬덴의 기사라고 해도 녀석들에게 둘러싸이면 살아남을 수 없다는 소리마저 있는 것이다.

그런데 그때에 비해 한참이나 모자란 것들이, 뭐?

오크의 뻐드렁니로 내기를 하자고?

루크로서는 기가 차지 않을 수가 없었다.

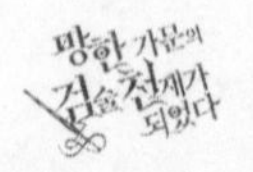

'너희가 그 골짜기에 망루 만든다고 얼마나 고생한 줄 알겠냐?'

루크는 뒷말을 간신히 삼켰다.

여기서 200년 전 이야기를 꺼냈다가는 24시간도 모자랄 테니까.

"미안."

어쨌든 테오도 뭔가 느낀 점이 있었던 모양이다.

그때 옆에서 박수 소리가 들려왔다.

고개를 돌려 보니 브리데커가 보였다.

"웬일로 이 공자님께서 옳은 말씀을 하시는군요. 저 역시 지금 다들 너무 방심하고 있다고 생각했습니다."

"너라도 정신 차리고 있었다니 다행이네."

"그러게 말입니다. 저도 이 공자님께서 그렇게 생각하고 계신 줄은 몰랐군요."

브리데커의 입꼬리가 올라갔다.

그건 기쁨의 표현이 아니었다.

굳이 말하자면 루크를 향한 괄시였다.

"그럼 오늘은 그렇게 말씀하신 이 공자님의 활약을 기대해도 되겠죠?"

"아마 그렇게 될 것 같다."

루크는 대수롭지 않게 대답하고는 자기 자리로 돌아갔다.

브리데커는 여전히 못마땅한 눈으로 루크를 좇았다.

"어쨌든 시간 다 됐으니까 출발하자. 눈 덮인 골짜기까지 가려면 얼른 출발해야지."

이번에도 테오의 중재로 둘의 충돌이 무마되었다.

"알겠습니다."

브리데커도 콧방귀를 뀌고서 돌아섰다.

그러고는 맨 앞에 서서 출진 명령을 내렸다.

그렇게 설산 원정대는 마지막 임무를 수행하기 위해 망루를 나섰다.

설산 깊숙한 곳.

엄청난 크기의 설산 오크들이 여럿 모여 있었다.

각 부족의 족장들과 그 부족을 통합한 오크들의 왕.

그들이 모인 자리에는 설산의 침입자들에 대한 소식이 전해졌다.

"인간들이 대문으로 진입하기 시작했습니다."

대문.

인간들이 부르는 이름은 눈 덮인 골짜기였다.

이곳은 오크들이 설산 심부에서 외부로 나가기 위해 반드시 지나야 하는 길.

200년 전, 인간들은 그곳에 망루를 건설해 동족들의 움직

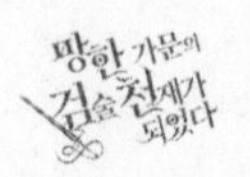

임을 완전히 봉쇄하려 했다.

당연히 선대 오크왕은 그것을 막기 위해 모든 동족을 이끌고 전투를 벌였다.

처음에는 방어에 성공하는가 싶었지만, 이내 한 기사의 등장으로 전세는 완전히 기울었다.

'설풍의 기사.'

인간들은 그 기사를 그렇게 불렀다고 했다.

설풍의 기사의 등장으로 결국 동족은 대문을 빼앗기고 말았고, 동족들은 한동안 설산 심부에서 나올 수 없었다.

하지만 언젠가부터 인간들이 망루를 찾지 않기 시작했고, 그곳은 다시 동족들의 손에 들어왔다.

인간들이 바로 그곳을 다시 찾아온 것이다.

"이곳이 제 무덤인 줄도 모르고 달려드는구나."

오크왕의 뻐드렁니가 훤히 드러났다.

"그렇다면 우리도 움직이기 시작해야겠지. 들어라."

"예, 왕이시여."

"이제 인간들이 우리의 손아귀에 들어왔다. 모아 둔 전사들을 이끌고 가 그들을 쳐 죽여라."

"알겠습니다."

오크 족장들은 일제히 움직였다.

이런 포위 기습은 그들이 생각하는 긍지와 명예에는 완전히 반하는 것이었지만, 왕의 명령이었기에 그 누구도 토를 달지 않았다.

"쿤달이여."

"예."

"너는 뒤로 우회하여 인간들이 빠져나갈 쥐구멍을 막도록 하라. 네가 쥐구멍을 막는 순간, 모든 전사들이 일제히 공격을 시작할 것이다."

"그리하겠습니다."

쿤달까지 떠나고 난 후.

오크왕도 몸을 일으켰다.

"그럼 나도 가 볼까."

"왕이시여, 어디로 가시나이까?"

왕의 수발을 드는 오크가 물었다.

"가장 맛있는 식사가 있는 곳으로 가야겠지."

오크왕은 기괴한 웃음을 지으며 자리를 떠났다.

"여기가 눈 덮인 골짜기 맞지?"

테오가 물었다.

"그렇습니다."

"골짜기라더니 그렇게 좁진 않네."

"이 전체가 거대한 골짜기니까요."

"아하."

테오는 시야를 좀 더 넓게 보았다.

그랬더니 정말 골짜기의 형태가 보이는 것 같았다.

이렇게 커다란 골짜기라니.

'역시 설산은 상식이 안 통하는구나.'

이곳에 진입한 뒤로 전투는 따로 없었다.

그렇다고 이곳에 마물이 없다는 의미는 아니었다.

아니, 오히려 전투 횟수 자체는 늘었다.

그 증거로 아까부터 여기저기서 전투를 의미하는 신호 화살이 올라오고 있었다.

그럼에도 자신들이 전투를 치르지 않은 이유는 아마 전방조가 대부분의 적을 처치해 주고 있기 때문이리라.

테오가 그런 생각을 하는 사이.

피유우우웅—!

피유웅—!

두 개의 화살이 동시에 올라왔다.

"좌측이랑 우측 측면에서도 전투가 발생한 것 같은데."

"모두 정지!"

신호를 확인한 브리데커가 대열을 멈춰 세웠다.

여러 군데에서 전투가 벌어지고 있는 만큼, 자신들도 전체적인 대열의 속도를 맞춰 줘야 했기 때문이다.

"이곳에서 잠시 대기했다가 전투 종료 신호가 올라오면 그

때 다시 출발한다."

"알겠어."

후방조는 자리에 멈춰 서서는 주변을 경계하기 시작했다.

이곳은 언제 어디서 마물이 튀어나올지 모르는 고위험 지역이었으니까.

그러나 루크는 그들 사이를 빠져나가 또 어딘가로 사라져 버렸다.

루크가 향한 곳은 근방에서 가장 높은 나무가 있는 곳이었다.

이곳이 기감을 펼쳐 주변을 조사하기에 가장 적합한 장소였기 때문이다.

"아무래도 수상해.'

루크는 주변을 크게 둘러봤다.

여러 곳에서 전투가 벌어지고 있었다.

오크들의 기운이 느껴지긴 했지만, 그렇다고 그리 위험한 수준은 아니었다.

지금 슈넬덴 기사들의 수준을 생각해 본다면 수월하게 승리할 수 있을 터.

하지만 안심할 수는 없었다.

지난 200년간 고요했던 설산이 다시금 움직이고 있었으니까.

물론 아직 오크왕이 등장했다는 확증은 찾지 못했다.

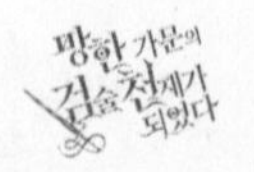

다만 가능성이 조금이라도 있다면, 그 부분도 생각해야 하는 게 지휘관이다.

'그놈들이라면 어떻게 할까?'

루크는 과거 오크왕과의 대결을 떠올렸다.

녀석들은 주로 완전 포위를 한 후 갇힌 사람을 학살하는 방식을 선호했다.

그렇다면 녀석들은 퇴로를 차단하려 하겠지.

녀석들이 가장 쉽게 퇴로를 차단할 만한 곳은?

거기까지 생각이 이르자 뒤통수가 싸해졌다.

눈 덮인 계곡의 초입부.

그곳은 눈 덮인 계곡 중에서 유난히 좁고 깊은 곳이었다.

만약 그곳을 차단당한다면 적어도 진영의 1/3은 퇴로가 막히게 되리라.

'젠장.'

루크의 눈이 바쁘게 움직였다.

빽빽한 숲과 높은 산 그리고 계곡까지.

하나하나 시야에 담으며 기감을 집중했다.

그러다 루크의 눈길이 멈춘 곳은 주변에 비해 유난히 낮은 계곡이었다.

주변에 비해 푹 꺼져 있다 보니 기운을 숨기기도 좋았고, 출구로 나오면 곧장 눈 덮인 골짜기의 초입을 막을 수도 있었다.

말 그대로 기습을 위한 천혜의 지형.

루크는 조심스럽게 계곡 쪽으로 다가갔다.

'과연 그냥 기우일까?'

그러나 계곡으로 다가간 루크는 그게 기우가 아니라는 걸 깨달았다.

"허."

계곡을 따라 다시 기감을 펼쳐 보니, 저편에서 오크들의 기운이 무더기로 느껴진 것이다.

'저게 다 몇이야? 최소 60마리는 넘어 보이는데.'

60마리의 설산 오크.

같은 60마리라도 고블린과 오크는 차원이 달랐다.

녀석들의 무지막지한 전투력을 생각한다면, 이는 고작 한 개 조가 상대하기 벅찬 숫자였다.

그러나 이대로 뒤쪽 퇴로가 막힌다면 그 피해는 이루 말할 수 없을 터.

'그나마 피해를 최소화하려면 저놈들이 계곡을 빠져나오기 전에 처리해야 해.'

결론을 내린 루크가 후방조가 있는 곳으로 돌아갔다.

마침 그들은 다시 출발할 채비를 하고 있었다.

"잠깐."

루크는 그런 그들을 멈춰 세웠다.

"왜 그러십니까, 공자님."

브리데커가 물어 왔다.
"근처에 있는 계곡에서 오크 무리를 봤어."
"예?"
오크라는 말에 모두가 깜짝 놀랐다.
"여기까지 오크가 들어왔을 리가 없을 텐데……."
"맞습니다. 전방조가 오크 무리와 싸우고 있지 않습니까? 놓친 적이 있다는 신호도 안 올라왔고."
브리데커와 엔이 순서대로 말했다.
"혹시 단독 행동을 하고 온 게 눈치 보이셔서 그러시는 겁니까?"
브리데커는 거기에 한술 더 떴다.
그들의 입장도 이해는 갔다.
자신조차 오크들이 우회한다는 생각은 하기 어려웠으니까.
하지만 그걸 일일이 설득시키고 있을 필요도, 여유도 없었다.
"지금 내가 거짓말이라도 한다는 건가?"
신속한 행동을 위해선 권위로 찍어 누르는 편이 훨씬 나았다.
"아니, 그런 게 아니라……."
"그럼 내 말을 믿지 않을 이유는 뭐지?"
브리데커가 테오를 보았다.
테오에게 루크를 말려 달라고 부탁하는 의미였다.

그러나 믿었던 테오는 이미 검을 챙기고 있었다.

"일 공자님!"

"루크가 봤다잖아. 그렇다면 당장 가 봐야지. 다들 안 챙기고 뭐 해?"

공식적으로 이곳에서 가장 강한 자의 명령.

강자존을 말했던 브리데커는 테오의 명령에 대항할 수 없었다.

"이야기됐으면 당장 움직여."

뒤이어 루크의 명령이 떨어졌다.

루크의 안내에 따라 계곡까지 가는 길.

후방조의 분위기는 착 가라앉아 있었다.

루크의 말에 따르면 저 계곡에 오크가 최소 60여 마리가 있다고 했기 때문이다.

다들 출발하기 전까지만 하더라도 여러 번의 승리로 자만했지만, 막상 60마리의 오크와 싸울 생각을 하자 덜컥 겁이 났다.

60마리의 오크와 전투를 하게 된다면 분명 희생이 뒤따를 테니까.

그랬기에 차라리 루크가 거짓말을 한 것이기를 바라는 이

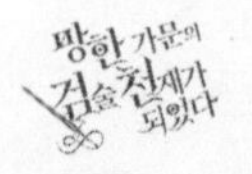

도 있었다.

그렇게 도착한 계곡.

그들의 걱정과는 달리 계곡은 조용했다.

"이 공자님, 이게 어떻게 된 겁니까?"

빈 계곡을 확인한 브리데커가 루크를 쏘아봤다.

테오도 불안한 눈으로 계곡을 쳐다봤다.

그러나 루크는 아무 말도 없이 계곡 끝을 쳐다보고 있을 뿐이었다.

그리고 잠시 후.

두두두두두.

지축을 울리는 듯한 소리가 계곡을 울려 퍼졌다.

"……."

모두의 시선이 소리가 들려오는 쪽을 향했다.

우레와 같은 소리는 오크의 발소리였다.

"설마 저게 다 오크라고?"

브리데커가 넋이 나간 듯 중얼거렸다.

놀란 브리데커를 뒤로한 채 루크는 다시 오크 무리를 보았다.

'지형적 이점은 우리가 가지고 있어.'

선제공격으로 큰 타격을 준 후에 전면전에 임한다면 충분히 이길 수 있으리라.

'그런데 치프는 어디 있지?'

저 정도 오크 무리라면 분명 한 부족이 움직이는 것이다.

거기엔 당연히 족장인 치프가 포함되어 있어야 했다.

치프는 다른 오크들에 비해 훨씬 크고 강한 존재이자, 그들의 구심점이 되는 존재다.

만약 자신이 치프를 먼저 처리한다면 이번 전투는 훨씬 쉬워질 것이다.

그러나 루크의 눈엔 치프가 보이지 않았다.

'치프는 다른 놈들보다 커서 안 보일 리가 없는데.'

가능성은 둘 중 하나.

치프가 없거나 혹은 후속 부대가 있거나.

전자라면 좋겠지만, 후자라면 일이 훨씬 복잡해진다.

그러나 후속 부대를 확인할 시간은 여의치 않았다.

"어떻게 할 거야?"

테오가 슬쩍 물어 왔다.

"어쩌긴. 상대가 이미 코앞까지 들이닥쳤는데."

루크는 슬며시 활을 들어 올렸다.

테오와 후방조도 그 의미를 이해하고는 자신의 활을 꺼냈다.

어느새 그들은 루크의 지휘를 따르고 있었다.

그들도 본능적으로 아는 것이다.

지금 상황을 통제할 수 있는 자는 루크가 유일하다는 사실을.

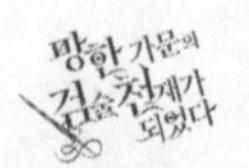

"형은 제일 앞에 녀석을 쏴, 그리고 엔은 오른쪽 셋째 줄에 있는 녀석, 브리데커는 왼쪽 둘째 줄……."

루크는 누가 누굴 공격해야 할지 일일이 지정해 주었다.

기사들은 지정받은 오크들을 내려다보았다.

"크르르르르."

그 녀석들은 소름 끼치는 소리를 내며 계곡을 나아가고 있었다.

본인들의 머리 위 상황은 전혀 모른 채.

"내가 화살을 쏘는 게 신호야."

루크는 그렇게 말하며 활시위를 당겼다.

그가 노리는 지점은 대열의 한가운데.

모든 오크들을 피해 가장 가운데 있는 녀석을 정확히 맞힌다면, 한꺼번에 대열을 무너뜨릴 수 있을 터.

루크는 시위를 놓았다.

피융-!

그것이 신호였다.

기사들도 다 같이 활을 쏘았다.

퓻, 퓻, 퓨퓨퓻!

설산의 냉기를 가르고 나아간 화살은 오크들의 머리에 꽂혔다.

"쿠에에엑!"

두개골을 꿰뚫린 오크들이 바닥에 쓰러졌다.

그리고 쓰러진 오크에게 발이 걸린 다른 오크들도 다 함께 바닥에 넘어졌다.

마치 도미노가 쓰러지듯 오크들의 대열 전체가 한순간에 무너졌다.

"더 쏴!"

루크의 명령에 따라 계곡에는 다시 한번 화살비가 내렸다.

만약 일반적인 오크였다면 여기서 속수무책으로 당했으리라.

그러나 상대는 설산의 오크.

퓨퓨퓨퓻.

통나무만 한쪽 팔을 들어 올리더니 화살을 막아 냈다.

"크워어어어어어!"

팔뚝에 박힌 화살을 뽑아 들고 포효하는 모습은 흡사 광기에 찬 마신 같아 보였다.

그중 한 녀석이 도끼를 번쩍 들더니 괴성을 질렀다.

그와 함께 오크들이 계곡의 비탈면을 타고 달려들었다.

"맨 앞에 녀석부터 쏴!"

위에서는 화살 세례가 쏟아졌지만, 녀석들은 신경도 쓰지 않았다.

오히려 붉은 눈을 더욱 붉게 빛내며 달려들 뿐.

이제는 활이나 쏘며 버티고 있을 수는 없었다.

스릉.

루크는 화를 집어던지고는 벨무스를 뽑아 들었다.

그러고는 비탈을 올라오는 오크를 향해 내달렸다.

여기서 가장 강한 이의 마나를 느껴서였을까.

오크들의 입이 쭉 찢어지더니 루크를 향해 도끼를 휘둘렀다.

후웅—!

루크는 바닥을 쓸 듯 몸을 숙여 도끼날을 피했다.

파공음이 귓가에 선명하게 박힐 정도로 강력한 참격.

루크는 그 파공음 사이로 벨무스를 찔러 넣었다.

쑤욱—!

질기기로 소문난 오크의 가죽이 무색하게 검날이 녀석의 몸속으로 쑥 들어갔다.

푸확!

검을 뽑아 들자 녹색의 피가 튀어 올랐다.

차마 그 냄새 나는 피를 뒤집어쓰고 싶지 않았지만, 어쩔 수 없었다.

바로 옆에서 다른 도끼가 자신의 목을 노리고 들어오고 있었으니까.

루크는 그 자리에서 몸을 빙글 돌려 검을 그었다.

성인 남성의 몸통만 한 오크의 팔이 소시지처럼 잘려 나갔다.

그러나 벨무스는 거기서 멈추지 않았다.

위에서 아래로.

벨무스가 움직였다.

그와 함께 거대한 검풍이 뿜어져 나왔다.

그 검풍은 오크의 몸을 세로로 쪼개 버렸다.

"……."

쿵.

오크는 그 흔한 비명조차 지르지 못하고 그대로 반으로 갈라져 죽어 버렸다.

오랜만의 전투였기 때문일까.

루크의 얼굴은 상기되어 보였다.

이런 걸 보면 그도 어쩔 수 없는 기사이고 무인이었던 것이다.

루크는 그 감각을 온몸으로 느끼며 다음 타깃을 정했다.

이제 막 비탈길을 다 올라가려던 녀석.

루크가 가볍게 발을 튕기는가 싶더니, 어느새 녀석의 뒤에서 나타났다.

스릉.

그가 휘두른 검 한 번에 오크는 두 다리를 잃고 바닥에 쓰러졌다.

그런 루크를 향해 다른 오크가 달려들었다.

루크는 곧바로 검을 들어 막아 내려 했지만.

챙!

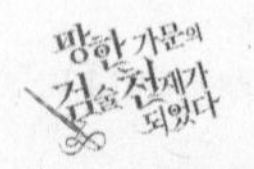

그 도끼를 막아 낸 건 루크가 아니었다.

"이번 건 내가 살린 거 맞지?"

"아니, 그것도 놔뒀으면 내가 막았어."

테오의 표정이 확 굳었다.

루크는 테오의 어깨를 툭 쳐 주었다.

"그래도 이번에는 나보다 빠르긴 했네."

그 칭찬에 테오의 표정이 밝아졌다.

빈말이 아니었다.

오크와의 첫 대면에 몸이 굳을 만도 한데, 가장 먼저 움직인 이가 테오였으니까.

그것도 자신의 흐름을 완전히 유지한 초식을 사용하면서.

그 고생을 하며 가르친 보람이 있었다.

"끝까지 흐름 유지해. 오크와의 난전에서는 한 번이라도 흐름을 놓치면 사망이야."

꿀꺽.

테오가 '사망'이라는 말에 긴장한 건지 침을 삼켰다.

그러나 걱정이 되지는 않았다.

테오의 마나는 여전히 차분하게 움직이고 있었으니까.

"그건 됐고, 잠깐 귀 좀 빌려줘."

"……."

루크의 말을 들은 테오는 고개를 갸웃했다.

그러나 이내 받아들이기로 했다.

루크가 뭔가를 말했을 때는 다 그럴 만한 이유가 있을 테니까.

"일단은 지금 전투부터 집중해. 이제 전면전 시작이야."

루크의 말대로 오크들은 비탈을 거의 다 올라왔다.

이제 곧 전투가 벌어질 것이다.

"발검!"

쏴아아아악-!

루크의 지시에 따라 기사들이 검에 마나를 둘렀다.

"출진!"

기사들이 마나를 흩뿌리며 오크들을 썰어 갔다.

다행히 기사들은 우왕좌왕하지 않고, 흐름을 지켜 나갔다.

이대로라면 손실을 최소화하고 이길 수 있을 것 같았다.

그것도 어디까지나 후속 부대가 등장하지 않았을 때의 이야기겠지만.

어쨌든 일단 빠르게 이 상황을 정리하는 게 우선이었다.

"전부 쓸어버려!"

루크는 크게 소리를 지르고는 오크들을 향해 달려갔다.

브리데커는 아랫입술을 꽉 물었다.

이 공자가 앞으로 달려 나가더니, 이내 일 공자가 그 뒤를

따라갔다.

그러면서 전장은 완전히 난장판이 되어 버렸다.

'이대로 두면 안 돼.'

오크와 실전을 벌여 보는 건 이번이 처음이었다.

그러나 오크는 최대한 난전을 피해야 한다는 것쯤은 잘 알고 있었다.

저 무지막지한 손아귀에 붙잡힌다면 말 그대로 몸과 머리가 분리되고 말 테니까.

어떻게든 동료들을 통솔해 전열을 재정비해야 했다.

자신이 늦을수록 아군의 피해는 커져만 갈 것이다.

'지금의 슈넬덴은 더 이상 기사를 잃어선 안 돼.'

그가 숨을 들이켜고 큰소리로 외치려 할 때였다.

"침착하게 흐름을 유지하고 초식을 사용해라!"

"이봐, 넌 지쳤으니까 뒤쪽으로 빠져!"

"둘이서 서로의 등을 엄호해!"

그보다 더 커다란 목소리가 귓가에 꽂혔다.

난전 속에서도 이토록 명확한 소리가 들린다는 건, 목소리에 마나를 담았다는 의미일 것이다.

누가 피와 살점이 난무하는 상황에서 목소리에 마나를 담는 여유까지 있단 말인가.

굳이 신경 써서 찾을 것도 없었다.

챙, 챙, 챙.

난전 속에서도 유독 눈에 띄는 한 사람이 있었으니까.

"이 공자님?"

"크아아아앙!"

팔이 떨어져 나간 오크가 포효했다.

그러나 루크는 그 팔이 떨어지기도 전에 전장을 살피더니, 위기에 처한 기사 하나를 구했다.

그뿐일까.

곧바로 지시를 내리기까지 했다.

마치 뒤에도 눈이 달린 게 아닐까 싶은 생각마저 들었다.

그 모습은 수백 번의 전투를 치른 지휘관 같기도 했다.

"어째서?"

루크와 테오는 실전을 한 번도 겪어 보지 못한 초짜들이었다.

실력이 있는 테오야 그렇다 치더라도, 루크가 오크와의 첫 대면에서 이토록 능숙한 지휘를 보이다니.

그러나 지금은 그 이유를 생각할 여유는 없었다.

"크워어어어!"

오크 하나가 자신을 향해 달려들었기 때문이다.

일단은 이 전투를 끝낸 후에 물어볼 기회가 있으리라.

"오른쪽! 간격이 벌어지니 더 가운데로 붙어!"

루크의 지시가 들려왔다.

브리데커는 일단 루크의 지시에 따랐다.

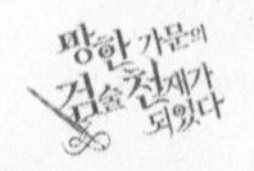

이런 상황에서는 굳이 지휘관이 둘일 필요도 없었다.

가장 먼저 생각할 것은 최소한의 피해와 전투에서의 승리.

그렇게 백병전 속에서 후방조가 승기를 잡는가 싶었다.

만약 그들이 등장하지만 않았더라면.

"아우우우우우-!"

어디선가 늑대의 울음소리가 들려왔다.

그리고 샤벨 울프를 탄 오크들이 수풀 사이로 모습을 드러냈다.

울프 라이더.

오크들의 기동부대가 나타난 것이다.

"크어어어엉!"

"으아악!"

울프 라이더는 대열을 향해 망설임 없이 달려들었다.

산사태에 휩쓸린 듯한 충격으로 오른쪽 전열이 무너졌다.

"크."

그 와중에 브리데커가 샤벨 울프의 발에 치여 넘어졌다.

욱신거리는 팔을 부여잡으며 몸을 일으키려 하는데, 그 위로 시커먼 그림자가 드리웠다.

다른 오크들보다 훨씬 큰 덩치의 오크.

이 녀석이 이 오크들의 리더라는 걸 직감할 수 있었다.

"죽어라, 인간!"

거대한 도끼가 자신을 향해 내려왔다.

브리데커의 머릿속이 새까매졌다.

과연 저 도끼를 막아 낼 수 있을까?

저 거대한 도끼를 막아 내기에는 자신의 검이 너무나 빈약했다.

그렇다면 피하기라도 해야 하나?

자신은 무게 중심을 잃고 넘어진 상황.

몸을 어느 방향으로 굴린다 한들, 저 도끼를 피할 수 있을 것 같진 않았다.

'이렇게 죽는구나.'

브리데커는 눈을 감았다.

지난 삶이 주마등처럼 스쳐 지나갔다.

인류를 지키는 방벽을 동경해 슈넬덴의 견습 기사가 되던 순간.

기사 작위 수여 때, 반드시 슈넬덴의 명예를 드높이겠다고 맹세하던 순간.

그리고 드디어 설산의 망루를 되찾는다며 남몰래 설레던 순간까지.

그 모든 게 이 도끼 한 번에 사라진다니.

'이제 막 슈넬덴이 부활하고 있었건만, 그 마지막을 보지 못한 것이 통탄스럽구나.'

그것이 유언이었다.

아니, 유언이라고 생각했다.

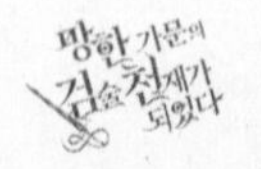

그러나 그의 의식은 끊기지 않았다.

여전히 철과 철이 부딪치는 소리가 들려오고 있었으니까.

"브리데커."

그리고 그 틈으로 누군가의 목소리가 들려왔다.

"전장에선 눈 감지 마라."

자신의 앞에는 그토록 무시했던 루크 슈넬덴이 서 있었다.

루크는 정신없이 전투를 벌이는 와중에도 계속해서 주변을 훑었다.

그것은 일종의 습관이었다.

전장이라는 곳은 마치 생물처럼 실시간으로 변하기 때문이다.

'지금대로만 이어진다면 최소한의 손실로 이길 수 있겠어.'

오크와의 백병전은 처음일 텐데도 조원들은 빠르게 냉정을 되찾았다.

여전히 지형도 유리하고 대열도 잘 갖추고 있으니, 이대로라면 금방 마무리할 수 있으리라.

그러나 아직 한 가지 가능성이 마음에 걸렸다.

'후속 부대가 아직 안 왔어.'

여기서 만약 치프가 섞여 있는 후속 부대가 온다면, 기사 몇 명을 데리고 대열에서 빠져 치프를 상대해야 했다.

그때도 과연 승기를 계속 유지할 수 있을까?

그건 장담할 수 없었다.

행여나 그 시간 동안 오크의 기세에 눌리기 시작한다면, 후방조는 큰 피해를 입을 것이다.

'잠깐이라도 오크 여럿을 상대해 줄 녀석이 필요한데.'

지금 여기서 그럴 실력이 되는 녀석은 테오, 브리데커, 엔이 셋밖에 없었다.

그러나 그들은 자신과 함께 치프를 상대하기 위해 빠져야 할 인원이기도 했다.

'하나가 더 있긴 한데…….'

루크의 시선이 대열 왼쪽을 향했다.

거기엔 잔뜩 움츠린 채 검을 마구잡이로 휘두르고 있는 녀석이 있었다.

엘린.

겁에 질린 녀석의 검은 견습 기사보다도 못했다.

저 상태로는 각성까지 백만 년도 더 걸릴 것 같았다.

'어쩔 수 없겠어. 좀 오래 걸려도 치프는 나 혼자서 상대해야지.'

바로 그때였다.

툭.

"어?"

엘린이 정신없는 틈에 등이 떠밀려 오크 무리 쪽으로 넘어진 것은.

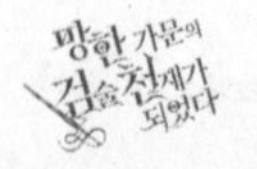

"크르르르."

오크들이 무방비 상태로 놓인 먹잇감을 가만둘 리 없었다.

녹슨 도끼가 일제히 엘린을 향해 내리찍혔다.

"가지가지 하네."

루크가 그를 구하기 위해 튀어 나가려던 차였다.

번쩍.

오크들 사이에서 섬광이 일었다.

그 섬광을 본 루크의 입가에 미소가 그려졌다.

샤아악-!

"크어어어어."

섬광에 스친 오크들이 일제히 쓰러졌다.

"하아. 하아!"

섬광이 멎자 숨을 고르고 있는 엘린이 나타났다.

그에게선 주변에 다가가기만 해도 베일 것만 같은 예기가 풍겨 나왔다.

그걸 본 루크는 확신했다.

저게 엘린의 숨겨진 본모습이라는 것을.

솔직히 기대 이상이었다.

'저 정도면 진짜 각 잡고 키워 봐도 되겠는데?'

이렇게 직접 눈으로 보니 더욱 확신이 들었다.

저 녀석은 테오와 함께 향후 슈넬덴을 이끌어 갈 만한 재능이었다.

문제는 저 예기가 오직 적만을 향할 수 있느냐는 것.

아마 이번 전투에서 그걸 확인할 수 있을 것이다.

하지만 루크는 그 과정을 모두 지켜보고 있을 수 없었다.

조금 전부터 다수의 기운이 이곳을 향해 빠르게 다가오고 있었으니까.

"아우우우우―!"

아니나 다를까 저 멀리서 늑대의 울음소리가 들려왔다.

저 녀석들이 바로 후속 부대인 울프 라이더들이었다.

녀석들은 수풀에서 나타나자마자 곧장 우측 대열을 향해 돌격했다.

콰앙!

큰 충격과 함께 대열이 한 번에 무너졌다.

"큭."

그 과정에서 브리데커가 튕겨 나왔다.

그리고 그 앞으로 거대한 오크가 다가갔다.

다른 오크들에 비해 몇 배나 짙은 살기를 내뿜는 오크.

바로 오크 치프였다.

녀석은 대열에서 떨어져 나온 브리데커에게 도끼를 휘둘렀다.

'일단은 저쪽부터.'

타앗!

루크는 오크 치프를 향해 몸을 내던졌다.

마치 구름을 타듯 브리데커와 치프 사이로 미끄러져 들어가더니,

콰!

녀석의 거대한 도끼를 막아 냈다.

"브리데커, 전장에서는 눈 감지 마라."

"아……."

"알아들었으면 빨리 움직여!"

그 말을 끝으로 루크는 고개를 돌렸다.

치프가 또다시 도끼를 내려찍고 있었다.

콰아아앙!

과연 이게 녹슨 도끼를 내리찍어서 날 소리인가.

루크는 저리는 팔에 힘을 꽉 쥐며 생각했다.

예전이라면 모를까 아직 완전히 힘을 되찾은 상태가 아니다 보니, 치프의 공격을 정면으로 막는 건 조금 무리였다.

그렇다고 루크의 기술까지 어디로 간 건 아니었다.

슈우우우욱-!

루크는 도끼를 튕겨 내고는 곧바로 치프의 목을 향해 검을 내질렀다.

붉게 물든 고드름.

천설검의 초식 중 가장 날카로운 검이 녀석의 목덜미로 파고들었다.

치프도 그 서늘한 감각을 느꼈는지, 뒤늦게 도끼를 회수하

려 했다.

"늦었어."

이미 루크의 검은 녀석의 가죽에 닿기 직전이었다.

"크어어어어!"

치프는 도끼를 회수하는 걸 포기하고는 그 대신 몸을 뒤틀었다.

푸콱!

다른 오크보다 훨씬 두꺼운 가죽도 루크의 검 앞에선 소용없었다.

가죽이 갈라지고 그 안에서 녹색의 피가 울컥 쏟아졌다.

그러나 루크는 자신의 목적을 이루지 못했다.

"크르르르르."

치프가 오른쪽 어깨를 너덜거리는 부여잡은 채로 으르렁거렸다.

제 팔이 걸레짝이 되었음에도 녀석의 눈에는 여전히 살기가 넘쳐흘렀다.

"목 대신 어깨를 내주겠다는 건가?"

"살아야 계속 싸운다. 그깟 팔, 없어도 싸울 수 있다."

치프는 이 상황이 진심으로 재미있다는 듯 미소를 지었다.

쭉 째진 입 사이로 튀어나온 엄니가 보는 사람으로 하여금 괴기함을 불러일으켰다.

"넌 내 동족을 많이 죽였다."

"열댓 마리는 썰었을걸."

"아니다. 너에게선 그것보다 훨씬 짙은 피 냄새가 난다. 동족의 원수."

"아, 저번 것까지 치면 좀 많긴 하지."

그저 본능만으로 전생까지 짐작하다니.

이래서 동물의 본능은 무섭다고 하는 모양이다.

저런 본능이 있다면 신문을 할 때도 여러모로 편할 텐데.

아쉽게도 루크에겐 그런 본능 같은 건 없었으므로 궁금한 걸 직접 물어보기로 했다.

"네가 이번 작전을 구상한 건가?"

"작전?"

"계곡에 숨어들어 뒤를 기습하는 건 전투의 명예를 중시하는 오크가 할 짓은 아닌 것 같은데."

오크는 전투에 있어서만큼은 지독하리만큼 명예를 중시한다.

그러니 이런 기습이 낯설 수밖에 없었다.

"말할 수 없다."

"말할 수 없어? 누군가에게 입막음을 당했나?"

"닥치고 내 도끼나 받아라, 인간."

치프는 왼손으로 도끼를 치켜들더니, 루크를 향해 달려들었다.

도끼에 앞서 살기가 먼저 루크를 덮쳐들었다.

"대답하기 싫으면 내가 널 이기고 승자로서 대답을 들어 주지."

루크가 전신에 마나를 순환시키며 검을 들어 올렸다.

콰아아아앙!

다시 한번 폭음이 터져 나왔다.

"크워어어어!"

그 폭음을 가르고 치프의 도끼가 날아들었다.

살기가 어찌나 담겼는지 도끼가 이젠 붉은색으로 보일 지경이었다.

루크는 그 공격마저 막아 내고는 오크와의 거리를 훌쩍 벌렸다.

'시간 끌면 불리하겠는데?'

루크는 미세하게 떨리는 팔을 부여잡았다.

녀석을 잡기 위해서는 다른 게 필요했다.

문제는 녀석이 그걸 준비할 틈을 주지 않는다는 것.

지금도 거리를 벌리기 무섭게 자신을 향해 달려들지 않는가.

'아무래도 싸움이 좀 더 길어질 것 같네.'

루크도 녀석을 향해 검을 겨눴다.

콰앙!

둘의 신형이 전장 한가운데서 충돌했다.

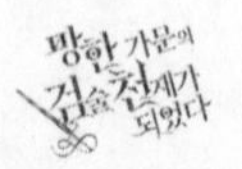

"약하다, 인간. 고작 그 정도로 대답 못 듣는다!"

치프가 미친 듯이 도끼를 내려찍으며 말했다.

그에 반해 밑에 있던 루크는 속절없이 당하고 있는 것처럼 보였다.

루크의 허벅지보다 두꺼운 팔뚝으로 도끼를 마구잡이로 휘둘러 대는데, 그걸 막을 사람이 있기나 할까.

쾅, 쾅, 콰아앙!

결국 루크는 공격을 이겨내지 못하고 중심을 잃었다.

치프는 그 틈을 놓치지 않고 루크의 가슴팍을 발로 차 버렸다.

퍼억!

"윽!"

가슴을 보호하고 있던 경갑이 오크의 발 모양으로 구겨졌다.

이어서 엄청난 충격이 루크에게 들이닥쳤다.

루크는 그 힘을 이기지 못하고 비탈면을 따라 굴러떨어졌다.

"크워어어어!"

치프는 승리의 포효를 내지르고는 비탈면 아래로 단숨에 뛰어내렸다.

바닥에는 루크가 피를 한 움큼 쏟은 채 쓰러져 있었다.

몸을 가누지 못한 채, 간신히 숨만 내쉬는 모습은 애처로워 보였다.

그러나 오크에겐 그런 동정심이 있을 리가 없었다.

"결투에서 패한 자에겐 죽음을. 동족의 원수에겐 지옥을."

도끼날이 하늘을 찌를 듯 올라갔다.

그리고 루크의 목을 내리찍으려는 순간.

푸콱!

치프의 복부에서 칼날이 불쑥 솟아났다.

"어, 어?"

아직 이 상황이 이해가 되지 않아서였을까.

치프는 도끼를 치켜든 채로 자신의 배를 내려다보았다.

그리고 고개를 뒤로 돌렸다.

거기엔 방금 전 싸운 인간과 닮은 녀석이 있었다.

"브리데커, 엔!"

그때 루크가 벌떡 일어서며 말했다.

그러자 치프의 양옆으로 두 개의 검이 날아왔다.

푹, 푹.

"크워어어어어어어!"

양 옆구리까지 찔린 치프가 괴성을 내질렀다.

테오와 엔, 그리고 브리데커는 얼른 검을 회수해 거리를 벌렸다.

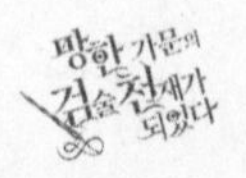

그리고 그 틈에 루크가 검풍을 쏘아 보냈다.

순식간에 치프의 몸에 깊은 자상이 생겨났다.

"어째서 여기에 인간들이?"

치프는 피를 줄줄 흘리며 말했다.

지금 위에서는 치열한 전투가 벌어지고 있는 상태.

그런데 어째서 계곡 아래에 세 명의 기사가 있단 말인가.

그것도 저들 중 가장 강한 기운을 가진 셋이.

치프로서는 이해할 수 없었지만, 그 이유는 너무나도 간단했다.

"내가 미리 지시했거든."

―혹시나 치프가 등장하면 브리데커와 엔을 데리고 계곡 아래로 내려가 있어. 그러다 녀석이 아래로 내려오면 그놈을 쑤시면 돼.

조금 전 루크가 테오에게 했던 말이었다.

실제로 치프가 나타나자마자, 테오는 둘을 데리고 계곡 밑으로 내려갔다.

그리고 마치 짜인 각본처럼 치프가 그들의 앞으로 내려왔다.

"일부러 당한 척했다는 건가?"

"큰 그림이라는 거지."

루크가 어깨를 으쓱하며 말했다.

자신이 수작에 놀아났다는 생각이 들자, 치프는 이를 바득 바득 갈았다.

"인간, 전사의 명예는 어디로 갔나!"

"전사의 명예?"

루크의 입꼬리가 씩 올라갔다.

"전쟁에서 그런 게 어디 있어? 이기는 게 곧 명예로운 거지."

루크의 지시를 기다리고 있던 셋은 소름이 돋을 뻔했다.

아무리 무슨 수를 써서라도 이기는 것이 슈넬덴의 정신이라고는 하지만, 어째서인지 그 흉악하다던 오크가 불쌍하게 보일 지경이었다.

"짐승보다 못한 놈!"

아마 오크에게서 저런 말을 들은 인간이 인류사에서 몇이나 될까.

하지만 루크는 아무렇지도 않아 보였다.

"처음부터 기습한 놈이 누구더라?"

"그것은!"

"됐고, 어쨌든 내가 이겼으니까 질문에 답해."

"비겁한 결투, 대답할 의무는 없다."

치프는 단호하게 말했다.

"그렇다면 강제로 열게 해야지."

서걱.

루크는 치프의 두 팔을 잘라 버렸다.

그 우직하던 팔은 너무나 쉽게 떨어져 나왔다.

어떻게 보면 잔인해 보일 수도 있는 장면.

그러나 루크는 적에게 있어서만큼은 어떠한 자비도 보이지 않았다.

그 자비가 도리어 자신을 공격할 수도 있었으니까.

"엔, 네가 생포해. 방벽으로 끌고 간다."

"예? 예!"

"그리고 나머지는 나 따라와. 전투를 끝내러 가야지."

루크는 대답을 듣기도 전에 비탈을 올라갔다.

브리데커는 그의 뒷모습을 잠깐 멍하니 바라봤다.

'아무래도 내가 잘못 건드린 것 같은데.'

루크는 소심한 샌님도 거만한 망나니도 아니었다.

어떤 수단을 써서라도 승리를 쟁취하는 집념.

그리고 적에게는 어떠한 자비도 베풀지 않는 손 속.

지금껏 선배들에게 끊임없이 배워온 것들이었지만, 그래도 본인은 저렇게까지 할 자신은 없었다.

무엇보다 루크의 손 속으로 봐서는 자신도 가만둘 리가 없어 보였다.

'설마 방벽으로 돌아가는 대로 날 죽이는 건 아니겠지?'

조금 전 루크의 모습을 떠올려 보니, 소름이 돋는 것 같았다.

그러다 옆에 있던 테오와 눈이 마주쳤다.

절레절레.

테오는 고개를 젓더니 루크의 뒤를 따라가 버렸다.

'그러게 내 말 좀 듣지. 난 모르겠다.'

테오의 눈은 그렇게 말하고 있었다.

이마에서 식은땀이 주룩 흘러내렸다.

루크에게 했던 말들이 머릿속으로 스쳐 지나갔다.

'큰일났군.'

브리데커는 고개를 떨군 채로 비탈을 뛰어 올라갔다.

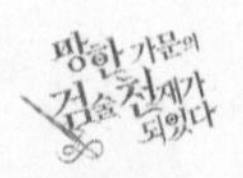

Chapter 3

"어……."

브리데커의 입에서는 바람 새는 소리가 나오고 있었다.

그의 시선이 향하고 있는 곳은 엘린이었다.

비탈을 올라와 보니 엘린이 마구 날뛰고 있었다.

검을 휘두를 때마다 썰려 나가는 오크.

그 오크가 쓰러지기도 전에 반대편에서는 또 다른 오크가 쓰러졌다.

도저히 눈으로는 쫓아갈 수 없는 속도였다.

그가 인지할 수 있는 거라고는 엘린이 지나간 자리에 쓰러지는 오크가 전부일 뿐이었다.

'엘린이 저렇게 강했나?'

의문이 풀리지 않았다.

오랫동안 봐 왔기에 엘린이 뛰어난 재능을 가졌다는 건 알고 있었다.

그러나 그 소심한 성격 탓에 절대 개화하지 못할 거라고 생각했다.

그런데 지금 신들린 무위를 보여 주며 오크들을 정리하고 있는 건 다름 아닌 엘린.

그 손 속에서는 망설임 따위는 조금도 느껴지지 않았다.

오히려 너무나 무감정해서 전투 인형이 아닐까 하는 생각마저 들었다.

"근데 좀 위험한 것 같은데."

엘린은 오크가 몇 마리가 있든 그 속으로 무작정 달려들었다.

그럴수록 녀석의 몸에 난 상처도 더욱 많아졌다.

저렇게 됐다간 본인도 큰 상처를 입을 게 분명했다.

문제는 그런 엘린을 말릴 수 있는 사람이 없다는 것.

애당초 눈으로도 좇지 못하는 녀석을 누가 말릴 수 있겠는가.

그러나 그런 생각이 무색하게도, 한 사람이 앞으로 나섰다.

"성능이 너무 좋아도 문제네. 강제 종료를 시키든지 해야지."

고개를 돌려보니 거기엔 루크가 서 있었다.

"이 공자님, 설마 저 속으로 들어가려는 건 아니시죠?"

"맞는데?"

"지금 저 녀석의 검에는 피아 식별이 없습니다. 자칫 공자님께서……."

"이제 나한테 지시하면 안 되지."

탓!

콰아아아앙!

브리데커의 말이 끝나기도 전에 루크가 앞으로 튕겨 나갔다.

루크가 오크 무리와 충돌하자 굉음이 울려 퍼졌다.

"……."

찰나였다.

그 찰나가 끝나자 거짓말처럼 오크 무리 속 검의 폭풍이 멈췄다.

"설마……?"

그 고요를 헤치고 루크가 걸어 나왔다.

한 손에는 의식을 잃은 엘린이 들려 있었다.

"이 공자님은 저 속도를 쫓아갈 수 있단 말인가?"

머리가 복잡해졌다.

자신이 알기로는 후방조에서 자신보다 강한 이는 테오가 유일했다.

분명 그럴 텐데.

엘린의 무위는 무엇이며 그런 엘린을 단번에 제압한 루크는 또 뭐란 말인가.

"그러니까 내가 쟤한텐 뭐라 하지 말라고 했잖아."

어느새 옆으로 다가온 테오가 말했다.

"엘린은 모르겠는데, 루크는 확실히 나보다 강해. 그것도 한참이나."

"하지만 일 공자님께서 더 강하다고 알려지지 않습니까?"

"아, 그거? 루크가 관심받는 걸 싫어해서 실력을 숨기는 것뿐이야. 어린 나이에 관심은 성장에 도움되지 않는다면서."

"아."

머리가 멍해졌다.

저 정도의 무력을 가졌으면서도, 수행을 위해 겸손해지기로 하다니.

자신에게 저런 힘이 있었으면 과연 루크처럼 할 수 있었을까.

전혀 아니었다.

자신은 고작 6연무장의 기장이라는 직책 하나에도 그토록 우쭐거리지 않았던가.

사실은 그 안에 엘린 같은 인재가 있는 줄도 모르면서.

루크와는 그릇의 크기가 전혀 달랐던 것이다.

'내가 못 알아봤던 거구나.'

루크에 대한 미안한 마음과 부끄러움이 한 번에 몰려왔다.

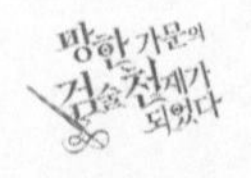

"근데 일단 빨리 여기 정리부터 해야 할걸."

"예?"

"더 노닥거리면 진짜 루크한테 혼날지도 몰라. 자기는 움직이는 데 너는 노느냐면서."

"……."

브리데커는 그제야 자신이 루크에게 정신이 팔려 멈춰 서 있다는 걸 깨달았다.

"바로 움직이겠습니다."

오크들을 이끄는 치프가 처치되자 전투는 빠르게 정리되었다.

전투가 끝난 후 모두의 시선은 루크에게 집중되었다.

누가 보더라도 그가 바로 이번 전투의 승리를 이끈 주인공이었으니까.

그중에서도 가장 격한 시선을 보내는 몇 명이 있었다.

"죄송합니다."

가장 먼저 입을 연 사람은 브리데커였다.

"미처 이 공자님의 능력을 알아보지 못했습니다. 그동안 제가 저지른 무례를 용서해 주십시오."

브리데커는 루크를 향해 90도로 고개를 숙였다.

"공자님의 지휘가 없었더라면 후방조는 오크들에게 기습을 당해 큰 피해를 입었을 겁니다."

"사과만 하면 다야?"

루크가 툭 내뱉었다.

"사과만 하면 나한테 무례하게 굴었던 사실이 사라지냐고."

"아닙니다."

"그런데 왜 사과로 퉁치려고 하지?"

"죄송합니다."

"그러게 죄송할 짓을 왜 했어?"

"정말 죄송합니다."

브리데커는 그 상태에서 고개를 더 푹 숙였다.

'역시 잘못 건드린 게 맞았어.'

조금 전에 오크 치프였고 이번에는 자신 차례였다.

저 공자님이 어떻게 나오실까 걱정하고 있던 차.

"그러니까 그 자격을 갖춰. 사과와 반성으로 퉁칠 생각하지 말고."

"예?"

"나한테 무례하게 굴어도 될 만큼 강해져."

생각지도 못한 대답에 브리데커는 루크를 멀뚱멀뚱 쳐다보았다.

"그 말씀은?"

"난 용서해 줄 생각 없으니까 네가 지금보다 훨씬 강해지

라고. 그럼 이번에 저지른 잘못도 다 없어지는 거 아니야."

"명심하겠습니다!"

브리데커는 다시 한번 고개를 숙였다.

루크의 말대로 지금보다 더욱 강해지리라 다짐하면서.

"그럼 전장부터 정리해. 난 힘을 많이 써서 좀 쉬어야겠으니까."

"예, 알겠습니다."

브리데커가 돌아가고 이제 좀 쉬나 했더니, 이어서 다른 녀석이 다가왔다.

"이 공자님."

엘린이 쭈뼛쭈뼛 걸어 나왔다.

그는 기어들어 가는 목소리로 말했다.

"방금은 무슨 일이 있었던 거죠?"

"아무것도 기억 안 나?"

"네……."

미친 듯이 오크를 썰어 버리던 녀석은 어디 가고 다시 이런 어리바리한 녀석만 남았단 말인가.

그러나 루크는 이제 엘린을 보는 시선이 달라졌다.

녀석의 뛰어난 재능 때문에?

그런 것도 있었지만, 녀석이 보여 준 의지 때문이기도 했다.

미완성된 신검합일은 곧 스스로를 통제하지 못하는 무아지경 상태가 된다.

그때 유일하게 작동하는 건 바로 마음속 깊이 각인된 의지.

그가 오크만을 골라 벤 것을 보면, 내면에 누군가를 지켜야 한다는 의지가 얼마나 깊게 박혀 있는지 알 수 있었다.

'이 정도면 양날 검까지는 아니지.'

물론 아직 고쳐줘야 할 점이 많이 보였지만, 그래도 품을 들이는 보람 정도는 있을 것이다.

"엘린."

"네, 네!"

갑자기 자신의 이름이 불리자 엘린이 깜짝 놀라며 대답했다.

"정말 기억 안 나? 잘 생각해 봐."

"뭔가 번쩍했던 건 있는 것 같긴 한데."

"그리고."

"그러고는 시야가 완전히 새까매졌어요. 마치 저를 잃어버린 것 같은 느낌……."

"그 기분, 어디서 느껴 본 적 있지 않아?"

엘린은 잠깐 생각에 잠기더니 이내 눈을 번쩍 떴다.

"아! 설마?"

"그 상태, 아예 네 것으로 만들어 줄 수도 있어."

"네? 그게 정말인가요?"

그의 눈에 희망이 스쳐 지나갔다.

그 상태를 자기 것으로만 만들 수 있다면 계속 검을 쥘 수

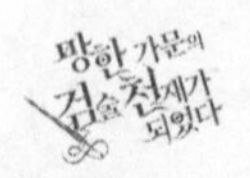

있었다.

부모님에 대한 기억도 계속해서 떠올릴 수도 있었다.

"물론 너 하는 거에 따라서 다르겠지만."

"무조건 할 수 있습니다!"

"그럼 이번 원정이 다 끝나고 나면 날 찾아와."

루크는 엘린의 대답을 듣기도 전에 몸을 돌렸다.

지금 여기서 엘린에게 구구절절 설명하는 것보다 더 급한 일이 있었기 때문이다.

"어디로 가십니까?"

"잠깐 생각할 게 있어서. 브리데커한테도 그렇게 전해 줘."

루크는 엘린을 돌려보낸 후 계곡으로 내려갔다.

생각도 정리할 겸 엘릭서 재료도 채집하기 위함이었다.

계곡을 둘러보던 루크의 입가엔 미소가 그려졌다.

싸리눈버섯과 서리허브 등.

하나같이 순수한 마나를 가득 머금고 있는 최상등품 재료들이 있었기 때문이다.

'이 정도면 예전에 연구했던 엘릭서의 7할은 나오겠어."

나머지 3할은 어디로 갔냐고?

마지막 퍼즐을 완성하기 위해서는 상급 마물들이 품고 있는 몬스터 코어가 필요했다.

녀석들이 설산에서 일평생을 살아가며 쌓은 마나는 이런 재료와는 비교도 할 수 없을 정도로 진했으니까.

그러나 마룡이 사라진 이 시대에 상급 몬스터들이 흔할 리가 없었다.

설령 있다고 해도 그 녀석을 처리하는 건 더더욱 어려웠다.

'이 정도로도 소기의 목적은 달성한 거지.'

처음부터 몬스터 코어는 바라지도 않았다.

틈틈이 모은 재료들을 보니 생각했던 양의 엘릭서는 충분히 만들 수 있을 것 같았다.

출발 전에 래비에게 미리 말해 두었으니, 나가는 대로 엘릭서를 만들 수 있으리라.

'그다음은 오크왕인데.'

실종된 레인저와 기사들도.

설산의 짙어진 냉기도.

마물들의 수상한 움직임까지도.

모두 오크왕의 등장을 암시하고 있었다.

그리고 이번 치프의 기습으로 확실해졌다.

수많은 부족을 통합한 오크들의 왕.

녀석이 나타난 것이다.

그렇지 않고서야 오크들이 우회 기습 같은 걸 할 리가 없었다.

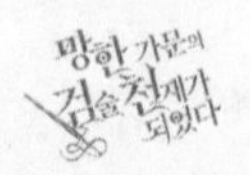

"흐음."

루크는 다시 한번 기감을 펼쳐 보았다.

앞선 전투가 끝났기 때문인지, 진영 전체가 빠르게 앞으로 나아가고 있었다.

하긴 그들도 얼른 이번 원정을 끝내고 싶을 테지.

'하지만 오크왕이 등장했다면 더 이상 들어가는 건 위험할 수도 있다.'

퇴로를 막으려 한 것부터가 이미 포위를 생각해 뒀다는 의미다.

이 상태로 오크 부대와 대규모 난전을 펼쳤다간 분명 슈넬덴의 피해가 막심할 터.

거기에 오크왕까지 투입된다면 전세가 급격히 기울 것이다.

현재 슈넬덴의 수준을 생각했을 때, 녀석 하나를 상대하는데만 해도 수석 기사 대부분이 들러붙어야 할 테니까.

'이렇게 된 이상 그 방법을 써야겠어.'

정말로 오크왕이 등장했을 때를 대비해 세워 둔 전략이 있긴 했다.

조금 위험한 방법이라 꺼려지긴 했지만, 그래도 어쩔 수 없었다.

이것이 병력 손실을 최소화하고 오크왕을 쓰러뜨릴 방법이었으니까.

일단 결정을 내린 루크는 재빠르게 움직였다.

퇴로 확보에 실패한 녀석들이 이판사판 덤벼들 수도 있기 때문이다.

루크는 곧장 비탈길을 올라갔다.

고작 몇 걸음 만에 계곡 위로 올라오자 테오가 깜짝 놀랐다.

"또 소리 소문 없이 어디 갔다 오는 거야?"

"당장 신호 화살 준비해."

"무슨 색으로?"

"검은색."

"그건 우리가 전투에서 졌다는 의미잖아."

"맞아."

"그럼 아마 전열 전체가 돌아올 텐데."

"그래서 쏘라는 거야."

혈족이 두 명이나 포함된 후방조가 전투에서 패배했다.

만약 그렇게 되면 라히츠를 비롯한 모든 병력이 이곳으로 집결할 수밖에 없을 것이다.

"그래서 쏘는 거라니?"

"이유는 좀 이따 알게 될 거야. 그러니까 먼저 쏴."

테오는 여전히 그 뜻을 이해하지 못했지만, 일단 루크의 지시에 따랐다.

피유우우우웅-!

이내 검은색 화살이 하늘 높이 올라갔다.

혹시 보이지 않을까 싶어 검은색 화살이 몇 발 더 올라갔다.

"전령도 보내. 우리가 거대한 오크의 습격을 당했다고."

"……."

테오도 브리데커도 그 누구도 루크의 행동을 이해하지 못했다.

하지만 조금 전 전투에서 보여 준 루크의 활약 때문이었을까.

일단은 모두들 그가 시키는 대로 움직였다.

한편 루크는 의문을 품은 모두를 뒤로한 채, 치프가 있는 수레로 갔다.

거기엔 양팔이 잘린 치프가 힘없이 앉아 있었다.

스릉.

루크가 검을 뽑아 들었다.

츠츠츠.

루크의 주위로 마나가 요동치기 시작했다.

"너 대체 뭘 하려고?"

테오가 깜짝 놀라며 루크에게 물었다.

"이걸로 그놈을 부를 수 있을 거야."

"그놈?"

"그놈이 강한 녀석의 냄새만큼은 기가 막히게 맡거든."

"대체 그놈이 누군데?"

"조금 있으면 알게 될 거야."

루크는 그렇게 말하고는 냅다 치프의 목을 베어 버렸다.

"크어어어어엉."

쿵.

주인을 잃은 치프의 몸은 그대로 앞으로 쓰러졌다.

잠깐 동안 정적이 흘렀다.

그리고 잠시 후.

콰카카카카카!

누군가 엄청난 속도로 이곳을 향해 달려오기 시작했다.

거대한 에너지가 이곳으로 집중되자, 테오는 하마터면 다리가 풀릴 뻔했다.

이미 몇몇 녀석들은 다리를 떨고 있었다.

루크도 내심 긴장한 표정으로 한 곳을 바라보고 있었다.

그리고 잠시 후.

"가장 먹음직스러운 먹이가 여기 있었군."

수풀 사이에서 소름 끼치는 목소리가 들려왔다.

마치 동굴 안에서 울려 퍼지는 것 같은 목소리.

모두의 시선이 그쪽으로 돌아갔다.

그곳엔 오크 치프가 서 있었다.

'치프가 아니야.'

테오는 직감했다.

온몸에 새겨진 흉터.

몸이 따가울 만큼 쏘아 대는 살기.

그리고 그 눈동자에 비친 광기까지.

저 녀석은 결코 평범한 치프가 아니었다.

아마 루크가 말하던 그 녀석이 바로 저 녀석이리라.

"저 녀석은 누구야?"

루크는 녀석에게서 눈을 떼지 않은 채 말했다.

"왕."

"왕?"

"저놈이 오크들의 왕이야."

설산에는 수십 개가 넘는 오크 부족이 있다.

애당초 존재의 목적 자체가 경쟁과 전투인 오크들에게 부족 간 협력이란 있을 수 없었다.

모든 부족이 한정된 설산의 자원을 더 확보하기 위해 치열하게 경쟁할 뿐.

하지만 우연히 힘의 균형을 무너뜨릴 만한 존재가 나타난다면 이야기는 달라진다.

오크의 세계는 철저한 약육강식 법칙이 자리 잡고 있는 곳.

이 세계에서의 균형을 무너뜨릴 만한 힘의 등장은 곧 오크 부족의 통합을 의미한다.

그렇게 모든 오크 부족을 통합한 일인자, 오크의 왕이 등장하는 것이다.

"이건 꽤 놀랍군. 이 시대에 나를 알아보는 인간이 있다니."

오크왕이 루크를 보며 말했다.

치프보다 더 정확한 발음과 자연스러운 문장이었다.

"보아하니 일부러 나를 유인한 것 같군."

"너희는 가장 맛있는 먹이를 제일 먼저 먹고 싶어 하니까."

오크들은 말 그대로 전투에 미친 종족.

그건 오크왕이라고 해서 달라지지 않는다.

그렇기에 루크는 마나를 풀풀 풍기며 치프를 베어 버린 것이다.

저 녀석이 불순물이 거의 없는 마나의 냄새를 맡고도 참을 리가 없을 테니까.

"어려 보이는데 전사들의 생리를 알고 있다니. 재밌는 인간이군."

오크왕도 흥미로운 듯 웃음을 지었다.

"한동안 약한 인간들만 상대해서 지루했는데 잘되었도다."

"뭘 착각하나 본데."

루크의 눈에 예리한 빛이 번쩍였다.

"내가 널 일부러 유인했다니까."

"오만하구나, 인간."

그 말에 자존심이 상했던 것일까.

오크왕의 표정이 일그러졌다.

덩달아 녀석의 기운도 더욱 강해졌다.

그러나 루크의 기세도 전혀 밀리지 않았다.

"오냐, 그 오만함이 허풍인지 실력인지 직접 판단해 주마."

부웅.

성인 남성만 한 도끼를 마치 나뭇가지처럼 가볍게 흔들린다.

녀석의 살기가 짙어지더니 이내 도끼를 붉게 물들이기 시작했다.

'이거 내가 유인하긴 했는데, 역시 쉽진 않겠어.'

루크도 검에 손을 가져다 댔다.

그러나 먼저 움직이지는 않았다.

여기서 먼저 움직였다가는 오히려 오크왕에게 틈을 내줄 것 같았기 때문이다.

"저거 이길 수 있어?"

옆에 있던 테오가 슬쩍 물어 왔다.

"난 확실한 게 아니면 승부 안 걸어."

"그렇긴 한데……."

테오는 앞에 서 있는 거대한 오크를 보았다.

붉은 기운을 풀풀 풍기는 모습은 그야말로 오크왕이라는 칭호에 너무나 걸맞았다.

머릿속으로 아무리 시나리오를 그려 봐도 자신들이 이기는 분기점이 나오지 않았다.

과연 루크는 무슨 계획을 세워 둔 것일까.

꽈악.

검을 든 손에서 땀이 배어 나왔다.

어쨌든 지금은 이기는 게 가능한지를 걱정할 때가 아니

었다.

어떻게 이길지를 고민해야지.

"난 뭘 하면 돼?"

비장한 각오를 마친 후에 루크에게 물었다.

"적당히 싸움에 휘말리지 않게 떨어져 있어?"

"뭐?"

"다치지만 않게. 나머지는 내가 알아서 할 테니까."

"그게 무슨……."

"온다!"

앞쪽에서 매서운 기운이 뿜어져 나왔다.

콰아아아앙!

오크왕과 루크 사이에서 거대한 폭발이 일었다.

라히츠는 전방에서 대열 전체를 이끌고 있었다.

설산에서 대열 전체를 이끈다는 건 그리 쉬운 일이 아니었다.

설산의 지형이 워낙 복잡하기도 하거니와, 여기저기서 올라오는 신호를 보고 대열의 방향을 끊임없이 변경해야 했으니까.

특히 이번 설산엔 알 수 없는 위험이 도사리고 있었으니

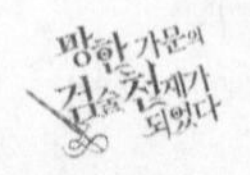

더욱 신경을 쓸 수밖에 없었다.

그래도 다행인 건 아직 어디서도 위험 신호가 올라오지 않았다는 것이다.

"3조, 5조, 6조 모두 망루 확보에 성공했다고 합니다."

부관의 보고를 듣고서 확보에 성공한 망루를 지도에 표시했다.

작전의 진행 상황은 순조로웠다.

이대로 조금만 더 간다면, 지난 200년간 야금야금 잃었던 망루를 모두 되찾을 수 있으리라.

'생각보다 마물들의 수가 적어서 수월했어.'

레인저들의 최종 보고 때보다도 마물의 수가 절반은 적었다.

어째서인지는 모르겠지만, 덕분에 슈넬덴은 인원 손실을 거의 보지 않은 채로 작전을 완수할 수 있었다.

이것이 가장 희소식이었다.

이번 작전은 슈넬덴 부활의 서막일 뿐.

앞으로 북부에서 세력을 넓혀가기 위해서는 인원 손실을 최소화해야만 했으니까.

'얼른 망루 확보를 마치고 다시 방벽으로 돌아가자.'

라히츠가 막 명령을 내리려 할 때였다.

피유우우우웅—!

뒤쪽에서 신호 화살이 솟아올랐다.

그 색을 본 라히츠가 눈을 부릅떴다.

신호 화살에 매달린 깃발은 검은색.

해당 조가 적에게 대패했다는 신호였다.

무엇보다 그 화살이 올라온 위치가 문제였다.

“저곳은 후방조가 있는 곳이지 않은가?”

“후방조에서는 조금 전 전투에서 대승했다는 화살을 쏘지 않았습니까? 그런데 갑자기 검은색 화살이라니요.”

“그럼 저 화살이 실수로 올라왔단 말인가?”

“그건…….”

“최전방조 전원이 확인하러 간다.”

“이제 망루가 몇 개 남지 않았습니다. 여기서 최전방조 전원이 움직이면 계획에 차질이 생길 겁니다.”

“검은색 깃발이지 않은가!”

“곧 있으면 전령이 도착할 겁니다. 그의 말을 듣고 움직여도 되지 않겠습니까?”

라히츠가 검을 뽑으며 말했다.

“그랬다가 혹시라도 우리가 늦는다면 어쩔 텐가? 설령 이 작전을 성공하더라도, 도련님들을 잃으면 슈넬덴에는 희망은 없다.”

그는 이미 뒤쪽으로 몸을 돌린 상태였다.

“최전방조 전원, 후방조의 상태를 확인하러 간다. 신호수!”

라히츠의 지시에 따라 신호수가 주황색 화살을 골라 하늘

높이 쏘아 올렸다.
모두들 당장 진격을 멈춘다는 의미의 화살이었다.
후방조의 상태를 확인한 후, 대열이 움직일지 아닐지 정하게 될 것이다.
최전방조는 곧장 후방조가 있는 곳으로 달려갔다.
얼마나 달려갔을까.
"라히츠 님!"
누군가 수풀을 헤치고 달려 나왔다.
그는 후방조의 전령이었다.
온몸이 눈과 흙투성이인 것만 봐도, 그가 얼마나 다급하게 달려왔는지 알 수 있었다.
"무슨 일인가? 대체 무슨 일이 있었던 게야?"
"후방조에 오크 치프가 나타났습니다."
"치프라니?"
치프가 있었다는 것은 오크 부족이 움직였다는 의미.
그런데 분명 자신들이 지나간 경로상에 오크 부족은 없었다.
"오크들이 우회라도 하지 않고서야……."
"그뿐만이 아닙니다. 치프에 이어 더 거대한 오크도 나타났습니다."
"설마?"
라히츠는 과거 선배들로부터 들었던 이야기가 떠올랐다.

설산에서는 간간이 각 오크 부족을 통합할 정도로 강한 오크, 말 그대로 오크들의 왕이 있다고.

'그저 전설로만 듣던 녀석인데.'

그런 건 중요하지 않았다.

지금 중요한 건 거대한 오크가 나타났고, 그 녀석이 테오, 루크가 있는 후방조를 덮쳤다는 것이다.

만약 녀석이 도련님들을 해치기라도 한다면?

이번에 망루를 얼마나 많이 확보했든지 이번 작전은 실패한 것과 다를 바 없었다.

"전원 작전은 여기서 중지한다. 모든 인원을 후방조가 있는 곳으로 집결시켜!"

정말 오크왕이 등장한 것이라면, 더 이상 전진할 수는 없었다.

최전방조 외에도 다른 모든 조가 다 모인다 해도 녀석에게 승리를 장담하지 못했으니까.

라히츠가 그렇게 명령을 내렸을 때였다.

콰아아아앙!

나무 위에 쌓여 있던 눈이 우수수 쏟아질 정도로 큰 굉음이 들려왔다.

"저곳은……!"

"후방조가 있는 곳입니다."

라히츠의 얼굴이 절망으로 물들었다.

"나부터 갈 테니까, 당장 모든 인원들 저곳으로 데리고 와!"

라히츠는 대답도 듣기 전에 전속력으로 달려 나갔다.

그때까지도 그는 모르고 있었다.

전군 집결 명령이 조금이라도 늦었다면, 매복해 있던 설산 오크들과 조우했을 거란 사실을.

"하아……."

루크의 입에서는 하얀 입김이 쉬지 않고 새어 나왔다.

그러나 눈만큼은 정면에서 떼지 않았다.

그곳에는 여유 만만한 표정을 한 오크왕이 있었다.

"그 일격을 막아 낼 줄은 몰랐군."

오크왕은 루크가 더욱 흥미로워졌다.

보아하니 여기서 가장 어린 것 같은데, 다른 녀석들을 다 합친 것보다도 강해 보였다.

무엇보다 루크에게서는 전혀 다른 차원의 마나가 느껴졌다.

불순물이라고는 티끌만큼도 들어 있지 않은 순수한 마나.

그것은 설산의 중심부에서도 느끼기 힘든 수준이었다.

어째서 저런 꼬마의 몸속에 저토록 순수한 마나가 잠들어 있는 걸까.

궁금증이 드는 동시에 두려움도 들었다.

그건 마치 바닥이 보이지 않는 절벽을 내려다보는 것 같은 느낌이었다.

그리고 그 두려움이 곧 흥미를 더 자극했다.

전투를 통해 그 정체에 대해 좀 더 느긋하게 알아보고 싶었다.

'하지만 이젠 빨리 처리해야겠군.'

오크왕의 시선이 루크의 뒤쪽으로 향했다.

눈으로 보이진 않았지만, 그 뒤쪽엔 자신과 함께 온 마물들이 진을 치고 있었다.

행여나 여기 있는 녀석들이 도망치지 못하게 막는 역할이었다.

그리고 그 마물들 너머.

꽤 강한 기운을 가진 녀석들이 빠른 속도로 다가오고 있는 게 느껴졌다.

여기서 저 녀석들까지 합류한다면 아무리 자신이라고 해도 위험할 것이다.

"방해꾼들이 오기 전에 얼른 먹어치워야겠구나."

오크왕이 도끼를 들더니 사라져 버렸다.

그와 동시에 루크의 눈앞에 그의 도끼가 나타났다.

눈으로 좇기도 힘든 속도.

후우우웅-!

도끼는 루크의 머리를 쪼갤 듯이 떨어졌다.

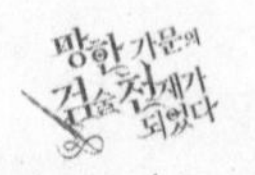

루크는 그 도끼를 향해 검을 내밀었다.

두 개의 날이 부딪치는 순간, 루크의 검이 부드러운 호를 그렸다.

쿵.

그러자 그 육중한 도끼가 바닥에 내리찍혔다.

물리 법칙이 어긋나 버린 것 같은 기술.

그것이 천설검의 방초라고 누가 생각할 수 있을까.

"쥐새끼 같은 녀석!"

그러나 오크왕의 움직임도 만만치 않았다.

어느새 녀석의 주먹이 명치를 향해 날아오고 있었으니까.

장담컨대 저 주먹에 스치기만 해도 갈비뼈가 나갈 것이다.

루크는 팔을 내려 명치를 보호했다.

퍼억!

"큭."

그러나 팔뚝을 뚫고 전해지는 충격도 적지 않았다.

'어깨 빠질 뻔했네.'

루크는 속으로 안도의 한숨을 내쉬었다.

만약 마지막 순간에 몸을 틀어 공격을 흘리지 못했다면 정말 팔과 갈비뼈 모두 부러졌으리라.

똑.

콧등을 타고 땀이 한 방울 떨어졌다.

꽤 오랜만에 흘려 보는 식은땀이었다.

'라히츠 부대가 좀 더 다가올 때까지 버티려고 했는데…… 그건 어렵겠군.'

뒤쪽에 마물들이 진을 쳐 뒀다는 건 진작 알고 있었다.

수가 그리 많지는 않았기에, 라히츠 부대가 녀석들을 처리하길 기다리려 했던 것이다.

그러나 지금 상태로 봐서는 몇 합 안에 자신이 전투 불능 상태가 될 것이다.

그때부터 이곳은 오크왕의 놀이터가 되겠지.

'어쩔 수 없겠네.'

여기서 아무것도 못 하고 죽을 바엔 본인들 스스로가 잘하길 바라야 했다.

루크는 옆을 보았다.

테오와 브리데커, 엘린을 비롯한 모두가 이쪽을 보고 있었다.

그들은 다들 몸에 크고 작은 상처들이 나 있었다.

다치지 않게 최대한 거리 유지를 하며 싸우라고 했지만, 오크왕을 상대로 그게 가능하겠는가.

중상을 입은 녀석이 없다는 것을 다행이라고 생각해야 할 정도였다.

그럼에도 그들은 여전히 손에 검을 꼭 쥐고 있었다.

특히 테오는 무릎까지 살짝 구부린 게 당장이라도 오크왕을 향해 달려들 생각처럼 보였다.

'아서라.'

상대는 원정대의 수석 기사가 모조리 붙어야 이길 만한 상대.

아쉽게도 지금 저 녀석들의 실력으로는 오크왕에게 작은 생채기조차 낼 수 없다.

오히려 자신의 움직임에 방해나 안 되면 다행이지.

그러니 녀석들이 자신을 도와줄 방법은 딱 한 가지였다.

"다들 여기서 떠나라."

루크의 목소리가 나지막이 울려 퍼졌다.

"그게 무슨 소리야?"

테오의 눈동자가 흔들렸다.

"들은 그대로야. 다른 녀석들 데리고 여기서 도망치라고. 뒤쪽으로 가면 라히츠의 부대와 합류할 수 있을 거야."

"너는?"

"우리가 다 도망가면 저놈이 가만히 기다리고 있겠냐?"

"그럼 나더러 동생을 버리고 도망치란 말이냐?"

테오가 입술을 꽉 깨물며 말했다.

어찌나 강하게 물었던지 입술에 흰 자국이 선명하게 나타났다.

"우리 전부가 목숨 걸고 덤비면 저 녀석을 이길 수도 있잖아."

"이길 수 있다고? 확신해?"

"……."

테오는 선뜻 대답하지 못했다.

그도 어렴풋이 느끼고 있었다.

상대는 좀 전에 봤던 오크들과는 비교조차 안 되는 놈이라는 것을.

여기서 모두가 죽을 걸 각오하고 덤빈다고 하더라도, 저 녀석은 이길 수 없을 것이다.

하지만 그건 루크도 마찬가지일 터.

루크를 이곳에 내버려 두고 갈 수는 없었다.

"라히츠가 오고 있다고 했잖아. 녀석이 올 때까지 지금처럼 시간을 버는 건 어때?"

"우리만 지원군이 있는 게 아니지."

"그럼?"

"쯧, 설마 명색이 오크왕이 단신으로 설산을 활보하고 다니겠어?"

루크 눈짓으로 뒤쪽을 가리켰다.

빽빽한 나무 탓에 그 너머가 잘 보이진 않았다.

그러나 루크의 말을 듣고 보니 저 너머에 더 많은 오크들이 있을지 모른다는 생각이 들었다.

"라히츠가 저 녀석들과 싸우는 동안, 우린 다 죽을 거야."

"아니면……."

테오는 어떻게든 방법을 생각해 내려고 머리를 쥐어짜

냈다.

그러나 그런다고 방법이 나올 리가 없었다.

"아무리 생각해도 방법은 이것밖에 없어. 빨리 조원들 챙겨서 가. 자칫하면 전투가 벌어질 수도 있으니까 긴장 풀지 말고."

테오의 눈이 흔들리는 게 보였다.

그러나 이내 고개를 가로저었다.

"네가 목숨 바쳐 싸운다면 나도 끝까지 함께할 거야."

그는 결연한 의지를 보여 주기라도 하듯 검을 들어 올렸다.

"누구 맘대로 목숨을 걸어?"

"뭐?"

"나는 목숨 걸 생각이 없는데?"

루크의 말에 테오가 눈을 동그랗게 떴다.

"너 혼자서 싸우겠다며."

"맞아."

"그게 우리 도망갈 시간 벌어 주기 위해 목숨 걸고 싸우겠다는 의미 아니야?"

"아니지."

"그럼?"

루크의 입꼬리가 올라갔다.

그러고는 테오만 들을 수 있는 목소리로 말했다.

"보는 눈이 없어야 마음 놓고 싸울 수 있다는 의미야."

"……."

테오는 할 말을 잃어버렸다.

제 동생은 단신으로 오크왕과 마주하면서도 반드시 이긴다고 말하고 있었다.

도대체 저 자신감의 근원은 어디에 있는 걸까.

그러나 루크의 표정엔 미묘한 흔들림조차 없었다.

테오의 마음속에 묘한 기대감이 샘솟은 것도 그 때문이었다.

루크가 비장의 패를 꺼내 오크왕에게 승리할 것 같은 그런 기대감.

그러나 아무리 생각해 봐도 그게 무엇일지는 감조차 잡히지 않았다.

"진심이냐?"

"형이 보기엔 내가 거짓말하는 것 같아 보여?"

"아니."

"그럼 빨리 모두를 데리고 조용히 가 줘. 되도록 멀리멀리."

테오는 결국 고개를 떨궜다.

자신이 루크의 고집을 꺾을 수 없음을 직감한 것이다.

"너 괜히 멋있는 척하는 거면 가만 안 둔다."

"알겠다니까."

테오는 한숨을 푹 내쉬었다.

이미 예전에 저 녀석을 이해하는 건 포기했었다.

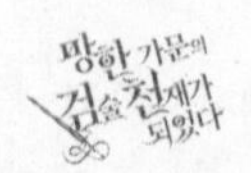

자신은 그냥 루크가 시키는 대로 하면 될 뿐.

결정을 내린 테오는 브리데커를 보았다.

“모두 후퇴한다.”

“하지만 일 공자님!”

“하라면 해. 두 번 말하게 하지 말고.”

“…….”

테오가 먼저 몸을 돌렸다.

기사들은 고민 끝에 결국 테오를 따라갔다.

그들이 생각하기에도 여기 있다가는 오크왕에게 전멸을 당할 게 분명해 보였으니까.

모두가 떠나는 걸 본 루크는 고개를 돌렸다.

오크왕은 그들이 떠나가는 걸 가만히 지켜보고 있었다.

“기다려 줘서 고맙다.”

루크가 오크왕에게 말했다.

“아직 전사로서의 명예는 있나 보네.”

“기다려 줬다니. 애당초 저런 잔챙이들에게는 관심도 없었다. 저런 놈들의 머리를 뽑아 봐야 즐겁지도 않겠지.”

오크왕은 흥미로운 듯 턱을 씰룩거렸다.

뻐드렁니 옆으로 뚝뚝 떨어지는 침이 그 기괴함을 더했다.

“하지만 너는 다르다. 너의 목은 온전히 뽑아 장식으로 두고 싶구나.”

“끔찍한 소리를 아무렇지도 않게 하네.”

"전사로서의 취미이지."

오크왕은 루크를 향해 살기를 쏘아 댔다.

인간은 물론이고 오크조차 버티기 힘든 만큼 강한 살기였다.

그러나 루크는 담담한 얼굴을 한 채 꿈쩍도 하지 않았다.

"인간, 너는 내가 두렵지 않나 보군."

"내가 고작 오크왕을 무서워할 짬이 아니라서."

"그 배짱만큼은 마음에 드는구나."

오크왕의 표정엔 즐거움이 가득했다.

오랜만에 강자와의 전투 탓에 몸속의 피가 끓어오르는 기분이었다.

"아마 네가 오크였다면 지금 내 자리에 올랐을지도 모르겠어."

"나한테서 뭔가 다른 게 느껴지나 봐?"

"다른 인간들과는 다른 격이 느껴진다. 진한 피 냄새. 동족 말고도 많은 존재가 너로 인해 흙으로 돌아갔구나."

루크가 묘한 웃음을 지었다.

저 녀석도 루크의 과거가 심상치 않음을 본능적으로 눈치챈 모양이다.

이래서 마물들의 본능이 무서운 거구나.

'다른 녀석들보고 먼저 가라고 해서 다행이네.'

만약 조원들이 이 말을 들었다면 자신을 뭐라고 생각했겠는가.

오크가 대놓고 과거에 뭔가 있다고 하는데, 저게 무슨 소리인가 하고 의심했을 것이다.

"그래서 그 본능이 또 뭐라고 말해 줘?"

"지금 이 자리에서 널 죽여 놓지 않으면 분명 훗날 후환이 될 거라는군."

오크왕은 바닥에 꽂아 뒀던 도끼를 다시 집어 들었다.

그 도끼에선 붉은빛이 스멀스멀 감돌았다.

녀석의 살기가 도끼날 위에서 형상화된 것이다.

"오, 그 본능이라는 거 생각보다 더 정확하네. 근데 틀린 게 하나 있어."

루크도 천천히 검을 들어 올렸다.

두 개의 마나 코어가 서로를 향해 공명했다.

그 공명은 점차 커다란 울림이 되어 루크의 몸속으로 퍼져 나갔다.

벨무스의 검신에 설산의 한기가 깃들었다.

서늘함.

그저 검에 마나를 둘렀을 뿐인데, 주변의 온도가 몇 도는 내려간 것 같았다.

하얗게 서린 한기의 틈으로 서늘한 미소를 짓고 있는 루크가 보였다.

그의 입이 열렸다.

"넌 지금 이곳에서 날 죽이지 못해."

그 모습은 더 이상 어린 루크가 아니었다.

그건 200년 전 설산에 피바람을 일으키던 한 기사의 것이었다.

오크왕은 순간 자신이 설산의 한가운데 있는 줄 알았다.

그만큼 저 어린 인간이 내뿜는 한기가 강하다는 의미.

실제로 인간의 분위기가 완전히 달라졌다.

그의 주변에서 피어오르는 한기.

그 중심에서 고고한 미소를 짓고 있는 인간.

그간 수많은 전투를 치러 오면서도 거의 느끼지 못했던 위기감이라는 게 저 어린 꼬마에게서 느껴졌다.

'역시 힘을 숨기고 있었나?'

이상한 것도 아니었다.

저 인간에게서 느껴지는 격은 고작 저 정도의 실력으로 쌓을 수 있는 게 아니었으니까.

'재미있군. 그럼 나 역시 진심으로 임해야겠어.'

그가 그렇게 마음먹는 순간.

슥.

루크가 먼저 움직였다.

한 걸음.

그저 한 걸음을 내디딘 것뿐이었다.

그러나 루크는 어느새 오크왕의 코앞까지 와 있었다.

한기를 품은 벨무스가 머리 높이 치솟았다.

백색의 검신이 태양을 가리는가 싶더니, 그대로 오크왕의 머리를 향해 내려왔다.

후웅-!

위에서 아래로 내려치는 단순한 동작이었다.

풍월대검의 시작을 알리는 시초.

그러나 그 검이 오크왕의 도끼와 닿는 순간 완전히 다른 모습으로 돌변했다.

쩌저적.

쨍그랑!

검이 뿜어낸 검풍이 얼음처럼 깨지더니, 오크왕의 머리를 향해 쏟아졌다.

그 조각 하나하나가 예기를 품은 칼날이었다.

저 칼날 속에 파묻힌다면 누구라도 걸레짝이 되고 말리라.

그걸 직감한 오크왕은 얼른 몸을 뒤로 뺐다.

그걸 본 루크가 또 한 걸음 다가갔다.

이번에는 찌르기 동작.

역시나 검풍이 깨지며 오크왕을 덮쳤다.

'이런.'

오크왕이 눈을 부릅떴다.

이미 첫 번째 공격을 피하느라 중심을 잃은 상태.

그런 상태에서 이 공격을 피하기엔 이미 늦었다.

'그렇다면!'

오크왕은 검풍을 피하는 대신 돌파하는 것을 택했다.

촤자자자작!

날카로운 바람이 오크왕의 몸을 베고 지나갔다.

오크왕은 온몸에서 녹색 피를 흘리면서도, 오로지 루크를 향해 돌진했다.

저 녀석의 목을 딸 수만 있다면 이깟 상처들은 아무것도 아니었으니까.

그러나 그 순간 루크의 입이 웃고 있는 게 보였다.

"역시나 오크는 똑같은 선택을 하네."

루크의 검기가 기다렸다는 듯 급변했다.

바위라도 꿰뚫을 것처럼 직선으로 뻗어 나가던 검로가 어느새 횡으로 변해 있었다.

사실 이 횡 베기가 진짜였다고 말하기라도 하는 듯.

"이걸로 끝내자."

쐐액.

설풍처럼 세찬 바람이 오크왕의 몸을 훑고 지나갔다.

그뿐일까.

뒤이어 수십 개의 검풍이 오크왕를 집어삼켜 버렸다.

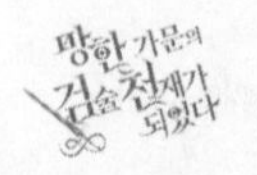

"크워어어어어!"

오크왕의 입에서 짐승의 울음이 터져 나왔다.

'정말 루크가 이길 수 있을까?'

테오는 걱정이 들었다.

아무리 루크를 믿는다지만, 도저히 오크왕을 이길 수 있을 것 같다는 생각이 들지 않았다.

그래서 그는 뒤를 돌아보았다.

오크왕과 루크, 둘의 격돌이 자욱한 눈안개를 일으킨 탓에 그 너머를 명확히 볼 수는 없었다.

테오가 최대한 안력을 돋우자, 둘의 실루엣이 보이는 것도 같았다.

'조금만 더.'

마나가 너무 몰린 나머지 눈이 뻑뻑해졌지만, 그는 고통을 꾹 참으며 안력을 올렸다.

점차 둘의 모습이 명확해졌다.

그리고 테오의 입에서는 탄성이 터져 나왔다.

'루크가 밀어붙이고 있어?'

보는 눈이 많아 진짜 실력 발휘를 못 한다는 루크의 말은 허풍이 아니었다.

루크는 자신들이 멀어지자마자 봉인을 해제하기라도 한 듯 날뛰는 중이었다.

그러나 그것보다 더 놀라운 건 따로 있었다.

'저건 도대체 무슨 기술이야?'

정말 그 기술의 이름이 궁금한 게 아니었다.

그건 그가 너무나도 잘 알고 있는 기술이었으니까.

풍월대검, 슈넬텐의 가장 기초라고 할 수 있는 비전이었다.

그러나 테오의 눈에 비친 그 기술은 너무나 낯설게 느껴졌다.

풍월대검의 검풍이 저토록 세게 몰아치는 것도 모자라, 산산조각이 나며 상대를 덮치기까지 하다니.

그가 아는 풍월대검에는 저런 말도 안 되는 모습은 없었다.

하지만 루크는 너무나 버젓이 그걸 해내고 있었다.

그리고 그 광경을 본 순간,

'아름답다.'

머릿속에는 그 단어가 먼저 떠올랐다.

휘릭.

검이 춤을 춘다.

그리고 그 춤선을 따라 수십 갈래의 검풍이 넘실거린다.

그 속에 오크왕은 온통 녹색의 피로 물들고 있었다.

어찌 보면 잔혹해 보일 수도 있는 광경.

그러나 테오는 그 광경에서 자꾸만 무희의 아름다운 공연을 한 편 보는 것 같은 기분이 들었다.
'아.'
테오는 비로소 깨달았다.
저게 진정한 풍월대검이구나.
자신이 오의를 깨우쳤다고 알고 있는 풍월대검은 아직 미완성이었던 거구나.
한낱 초급 비전에 저토록 강한 힘이 숨겨져 있었구나.
어느새 테오는 그 전투를 넋 놓고 바라보았다.
어쩌면 저 녀석이 보여 주고 있는 건지도 몰랐다.
지난날, 슈넬덴의 설풍이 얼마나 매서웠는지를.
'저 녀석과 함께 있으면 진정한 슈넬덴을 볼 수 있어.'
테오의 마음속엔 불꽃이 일었다.
후두둑.
그 동안 루크가 쏟아 낸 검풍을 모조리 맞은 오크왕의 몸은 이미 엉망진창이었다.
몸에 새겨진 흉터보다도 더 많은 상처가 몸을 뒤덮었다.
상처에서 쏟아 내는 피는 바닥을 적시는 것도 모자라 고이기까지 했다.
그러나 오크왕 만큼은 여전히 무릎을 꿇지 않았다.
"쿠워어어어어어!"
오히려 더 큰 괴성을 내지를 뿐.
그렇지 않아도 피처럼 붉은 눈이 더욱 붉게 물들어 갔다.

"인간 따위가 감히!"

분노에 찬 오크왕의 목소리가 울려 퍼졌다.

그와 동시에 녀석을 중심으로 거대한 살기가 치솟았다.

쿠구구구구.

그 붉은 살기가 오크왕의 몸을 감쌌다.

그러자 놀랍게도 녀석의 몸에 나 있던 수많은 상처들이 아물기 시작했다.

발밑에 고인 녹색 피가 아니었다면, 조금 전 녀석이 온몸에 검상을 입었다는 걸 믿지 못했으리라.

정작 루크는 이 절망적인 장면을 목격하고도 크게 동요하지 않았다.

그저 인상을 약간 찌푸리고 있을 뿐.

"칫, 너도 변종이었냐?"

오크 중엔 간혹 날 때부터 막대한 살기를 지니고 태어나는 변종들이 있었다.

살기가 곧 힘의 근원인 오크에게 선천적으로 가진 막대한 살기는 축복일 수도 있겠지만, 실상을 알고 보면 저주에 가깝다.

그 살기는 동족을 가리지 않았으니까.

성인 오크들이 자신을 향해 지나치게 강한 살기를 쏘아 대는 어린 오크를 가만둘 리가 없었다.

그래서 대개 변종은 어린 시절 동족에 의해 살해당한다.

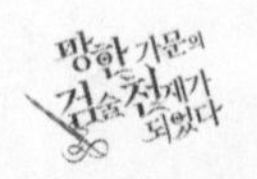

하지만 그 모든 위협 속에서도 살아남는 녀석은 반드시 있는 법.

그 녀석들은 살기를 몸속 깊이 숨길 줄 아는 녀석들이다.

그러다 필요한 순간에 지금껏 숨겨 둔 살기를 꺼내는 것이다.

바로 지금 저 녀석처럼.

"설마 고작 어린 인간을 상대로 이 모습을 보일 줄은 몰랐군."

오크왕이 숨겨 둔 살기를 드러내자, 주변의 기운이 완전히 달라졌다.

마치 온몸을 휘감은 뱀이 머리 바로 옆에서 혀를 날름거리는 느낌.

"나도 의외야. 설마 오크왕이 변종일 줄은 몰랐거든."

루크는 코어를 공명시켜 몸을 휘감은 살기를 걷어 냈다.

상대가 언제든 달려들 기세인데, 살기에 휘감겨 있으면 곤란했다.

"내 본모습을 드러내게 했으니 너의 머리는 반드시 내 방에 걸어 두도록 하마."

"그건 네가 내 머리를 뽑을 수 있을 때의 이야기고."

"크워어어어어!"

텅!

오크왕의 거대한 몸체가 루크를 향해 쏘아졌다.

살기를 둘둘 두른 도끼는 그보다 더 빠른 속도로 목을 노리고 들어왔다.

루크는 바닥에 닿을 듯이 몸을 숙였다.

후웅!

도끼가 간발의 차로 루크의 팔뚝을 스치고 지나갔다.

그 충격만으로도 루크의 팔뚝은 찢어져 버렸다.

흰 뼈가 드러날 정도로 깊은 상처.

그건 도저히 스쳐서 난 상처처럼 보이지 않았다.

그러나 오크왕의 공격은 계속되었다.

후웅, 후우웅!

거대한 도끼가 공기를 가를 때마다 루크의 몸에도 상처가 생겨났다.

그 도끼가 루크의 머리를 쪼개기 직전, 루크는 뒤로 훌쩍 뛰어올라 거리를 벌렸다.

"어떻게 된 거냐, 인간! 조금 전의 기세는 다 어디 갔지? 날 더 즐겁게 해 보란 말이다."

오크왕이 침을 뚝뚝 흘리며 말했다.

루크는 말없이 그 모습을 쳐다보았다.

오크왕은 그것을 보고 루크가 겁에 질린 거라고 생각했다.

"역시 요즘의 인간들에게선 투지 따위는 느낄 수 없구나. 너와의 여흥도 이제 여기서 끝이다."

"흐음."

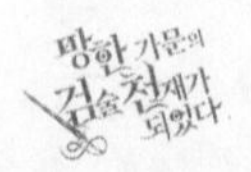

그제야 루크가 대답을 했다.
그의 목소리는 이전과 조금도 달라지지 않았다.
“역시 요즘 오크들은 멍청하다니까. 고작 이걸로 자기가 이겼을 거라 생각하다니.”
“그 꼴을 하고도 입만 살았구나.”
“너도 숨긴 힘을 드러냈으니, 나도 그래야 공평하겠지?”
루크가 다시 자세를 잡았다.
쿠쿵.
마나가 움직이기 시작하자 코어의 공명이 점차 강해진다.
쿠쿵!
좀 전과는 비교도 할 수 없을 만큼 강한 공명에 오크왕도 긴장한 채 루크를 보았다.
“음?”
오크왕의 머리로 눈송이가 떨어지기 시작했다.
하늘을 올려다보았다.
그러나 구름 한 점 없는 하늘만이 펼쳐져 있었다.
그럼 머리 위에 떨어진 이 눈은 어디서 난 것이란 말인가.
한 송이, 두 송이.
눈이 내리는 걸 지켜보고 있다 보니, 어느새 눈송이가 주변을 가득 채워 버렸다.
오크왕의 시야는 온통 백색으로 물들었다.
‘이건?’

그제야 오크왕은 생각났다.

설산 오크에게 대대로 전해지던 한 이야기가.

'설마 설풍검인가?'

언젠가 들은 적이 있다.

인간들이 사용한다던 설풍검에 대해서.

그 검 앞에 동족들이 얼마나 많이 죽었는지에 대해서도.

그 검은 지난 세월 동족들이 방벽을 넘을 수 없었던 가장 큰 이유였다.

두려움이라고는 모르던 동족의 전사들도 그 검 앞에서만큼은 주춤거렸다.

그러나 그 무시무시했던 검이 200년 전부터 홀연히 사라져 버렸다.

이유는 알 수 없었다.

확실한 건 방벽을 지키는 인간들은 이제 더 이상 설풍검을 사용하지 않는다는 것.

그렇기에 전사들은 인간들에게 덤벼드는 데 두려움이 없었다.

그들은 더 이상 그때처럼 강하지 않았으니까.

'분명 그랬는데?'

눈앞에 펼쳐진 백색의 세상.

흩날리는 눈송이.

아무리 봐도 이건 말로만 듣던 설풍검이 맞았다.

"설풍검이라니, 그럴 리가 없다."

"오, 이 검을 알아봤어? 오크가 인간들보다 나을 줄이야."

"분명 그 검은 사라졌다고 들었다."

"사라졌었지."

루크의 입꼬리가 올라갔다.

"근데 이제 아니야."

루크가 검을 휘둘렀다.

이리저리 흩날리던 눈송이가 그 검을 따라 일제히 움직였다.

푸른 하늘에 소복이 내리는 싸락눈.

그것은 한 편의 그림처럼 아름다웠다.

그러나 그 안의 모습은 전혀 아름답지 않았다.

싸락눈이 오크왕에게 닿을 때마다 녹색 피가 터져 나왔다.

"크워어어어어!"

녀석의 입에서 나온 것은 괴성이 아니었다.

그건 고통과 두려움에 가득 찬 비명이었다.

"그럴 리가 없다! 그럴 리가 없……!"

그 비명을 덮어 버리듯 녀석의 몸 위로 눈이 쌓여 갔다.

어느새 녀석의 몸은 눈 속에 완전히 파묻히고 말았다.

그 거대한 몸이 온통 눈으로 뒤덮이자, 언뜻 보면 커다란 눈설산이 서 있는 것 같았다.

우뚝.

쉼 없이 움직이던 루크의 검이 멈춘 것도 바로 그때였다.

그러나 아직 검을 검집에 넣지는 않았다.

쿠궁.

두 개의 코어가 한 번 더 공명했다.

미약하지만 순수한 마나가 온몸으로 퍼져 나간다.

몸속을 일주한 마나가 집결한 곳은 검 끝.

잠깐의 정적이 흐르고.

"설풍검 2식. 몰살의 싸락눈."

그가 나지막이 읊조렸다.

푸화아아아악!

오크왕의 몸을 감쌌던 눈이 터져 버렸다.

후두두둑.

하늘에서는 녀석의 피와 살점으로 된 녹색 비가 내렸다.

❀

푹.

루크는 검을 지팡이 삼아 몸을 지탱했다.

텅 비어 버린 코어가 고스란히 느껴졌다.

그 앞에는 조금 전까지 오크왕이었던 것이 누워 있었다.

'2식까지 쓸 생각은 없었는데.'

사실 지금 가지고 있는 모든 마나를 쏟아부어도 두 번째

눈송이를 피워 낼 수 없었다.

지금 수준에서는 고작해야 첫 번째 눈송이가 전부.

그래서 코어를 무리하게 공명시켜 마나량을 뻥튀기해 버렸다.

가진 마나 이상을 끌어다 썼으니 그 후유증은 아마 오래가겠지.

그러나 1식으로는 녀석을 확실히 처리할 거라는 보장이 없었다.

괜히 애매하게 마나만 사용하고 죽이지 못한다면, 그다음은 자신의 머리가 녀석의 방을 장식했을 것이다.

'그것보다야 천 배 낫지.'

울컥.

루크의 입에서 피가 한 움큼 쏟아졌다.

과도한 공명으로 인해 내상 때문이리라.

돌아가면 한동안 요양이라도 좀 해야 할 것 같았다.

'그래도 나쁘진 않네.'

루크는 아직도 미약하게 떨리는 오른팔을 보며 생각했다.

편법은 썼다지만, 지금 몸으로 두 번째 눈송이를 피워 낸 것 아닌가.

환생했을 당시의 몸 상태였다면, 아무리 뻥튀기를 해도 눈이 내리지 않았을 것이다.

조금 전 피어오른 눈송이는 루크가 지금껏 잘 달려오고 있다는 증거이기도 했다.

'테오는 잘 도망쳤나?'

루크는 이미 바닥난 코어에서 마나를 싹싹 긁어모아 기감을 펼쳤다.

'저쪽도 오크들을 만났군.'

그래도 치프가 포함되진 않은 것 같았다.

저 정도는 충분히 처리할 수 있을 것이다.

라히츠의 기운도 빠르게 다가오고 있으니 걱정할 만한 일은 없으리라.

"윽."

루크의 몸이 크게 휘청거렸다.

마나 부족 때문인지 주변의 시야도 점점 어두워졌다.

아마 이렇게 서 있을 수 있는 시간도 얼마 남지 않았을 것이다.

'쓰러지기 전에 챙길 건 챙겨야지.'

루크는 늘어지는 몸을 다독여 가며 오크왕의 사체 쪽으로 다가갔다.

더 이상 형체를 알아볼 수 없을 정도로 망가져 버린 오크왕의 사체.

그 속에서 탁한 빛을 띠는 보석 같은 게 보였다.

'이거다!'

이것이 바로 엘릭서의 재료 중 하나인 상급 마물의 몬스터 코어였다.

오크왕의 것이니 몬스터 코어 중에서도 상급에 속할 것이다.

'덕분에 제대로 된 엘릭서를 만들 수 있겠어.'

이것으로 이번 원정은 대성공이다.

푹.

루크는 오크왕의 몸에서 코어를 적출했다.

그와 동시에 시야가 완전히 어두워지더니.

쿵.

더 이상 견디지 못한 루크의 몸이 바닥에 쓰러지고 말았다.

"물러서지 마라! 이 녀석들은 오크왕이나 치프보다 훨씬 약하다. 여기만 뚫으면 최전방조와 합류할 수 있다!"

브리데커의 지휘 아래 후방조가 오크들과 전투를 하고 있었다.

전투 경험이 몇 번 쌓이면서 조원들 간의 조직력도 훨씬 좋아졌다.

"이 공자님께서는 우리를 위해 오크왕을 혼자서 상대하고 계신다! 고작 이런 놈들에게 막혀선 안 돼!"

특히 루크가 하나의 구심점이 되어 조원들의 사기를 드높여 주었다.

"크에에엑!"

"쿠워어……!"

얼마나 많은 오크들을 베었을까.

멀리서부터 누군가의 목소리가 들려왔다.

그제야 모두들 안심할 수 있었다.

그것은 라히츠의 목소리였으니까.

"전원, 후방조를 호위하라!"

"예."

수많은 오크 무리를 헤치며 나타난 그들은 그야말로 구세주였다.

원정대에서 가장 강한 최전방조가 합류하자 마물 무리는 금방 정리되었다.

"도련님!"

상황이 정리되자마자 라히츠가 테오를 급하게 찾았다.

"검은색 깃발은 무엇이고 오크 왕은 어떻게 된 겁니까? 둘째 도련님은요?"

"루크가 우리에게 도망가는 시간을 벌어 주려고 혼자서 오크왕과 싸우고 있어."

"그럴 수가!"

라히츠의 동공에 지진이 났다.

"어딥니까? 지금 바로 가겠습니다."

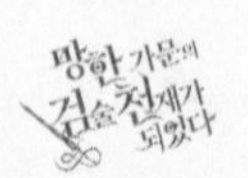

"저쪽이긴 한데……."

라히츠는 테오의 말을 다 듣지도 않고 뛰어갔다.

그뿐만이 아니었다.

집결 명령을 받고 모여든 병력도 속속들이 라히츠의 뒤를 쫓았다.

"아마 벌써 끝났을 텐데."

테오는 그렇게 중얼거리며 그들을 따라갔다.

한참 따라가 보니, 라히츠가 우뚝 서 있는 게 보였다.

"……."

뒤쪽으로 모두가 그와 똑같은 자세로 서 있었다.

오직 테오만이 그 결과를 예상했다는 듯 앞으로 나섰다.

"오크왕이 저것입니까?"

저것이라는 라히츠의 표현은 전혀 이상하지 않았다.

그가 가리키고 있는 곳엔 녹색 살덩어리만 수북이 쌓여 있었으니까.

도저히 믿을 수 없는 광경에 모두가 멈춰 있는 사이, 테오는 그 살덩어리 위에 엎어진 루크를 보았다.

"루크!"

루크에게 다가가 보니 이미 의식을 잃은 상태였다.

다행히 호흡은 안정되어 있었다.

아마 마나 탈진으로 인한 기절이리라.

"이 미친놈, 이긴다고는 했지만 진짜 이길 줄은 몰랐다."

툭.

루크의 손에서 뭔가가 떨어졌다.

"이건 뭐야?"

탁한 빛을 뿜고 있는 보석.

처음 보는 것이다.

이게 왜 루크의 손에 쥐어져 있던 것일까.

한창 궁금해하고 있을 때였다.

"주변을 경계하고 도련님 상태 확인해!"

그제야 정신을 차린 라히츠가 명령을 내리는 소리가 들렸다.

뒤쪽에서 기사들이 다가왔다.

테오는 루크가 떨어뜨린 보석을 내려다보았다.

'따로 챙겨 둬야겠지?'

테오는 다른 사람들 몰래 그 보석을 품에 넣었다.

"비밀이 많은 동생을 둔 건 피곤하다니까."

어느새 루크에게 익숙해진 그였다.

루크의 눈이 떠졌다.

꽤 오랜 잠에서 깨어난 것 같은 기분이었다.

마치 처음 환생을 했을 때와 비슷한 느낌이기도 했다.

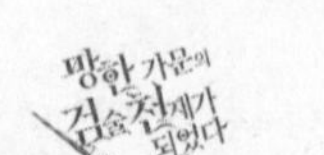

등골이 오싹해진 루크는 몸을 벌떡 일으켰다.
아니, 일으키려고 했다.
"윽."
그러나 온몸이 누구한테 두들겨 맞은 것 같은 고통 때문에 쉽게 움직일 수가 없었다.
"오, 일어났어?"
그 목소리를 듣자 조금 안심이 되는 것 같았다.
그것은 테오의 목소리였기 때문이다.
테오가 여기 있다는 건 자신이 또 이상한 데서 환생을 했다는 건 아니라는 의미였으니까.
"여긴 어디야?"
"방벽이야. 네가 오크왕을 쓰러뜨린 이후에 다들 망루 추가 확보 없이 돌아왔어."
"잘됐네."
"몸은 좀 어때?"
"으으, 온몸이 뒤틀리는 느낌이야. 마나 코어도 텅텅 비었고."
루크가 앓는 소리를 하자, 테오가 재밌다는 듯 웃었다.
그 괴물 같은 루크의 입에서 앓는 소리가 나오는 게 신기했던 것이다.
"뭐가 그렇게 웃겨?"
"아니, 그냥 너도 고통을 아는구나 싶어서."

"그럼 오크왕이랑 싸워 봐. 이렇게 안 되나."

테오는 녀석의 광기 어린 붉은 눈동자가 생생하게 떠올랐다.

이미 죽은 걸 확인했음에도, 그 눈을 떠올리니 털이 삐쭉삐쭉 서는 것 같았다.

"대체 그 녀석은 뭐야? 왜 그런 녀석이 설산을 버젓이 돌아다니는 건데?"

"설산의 내일은 신도 모른다잖아."

루크가 어깨를 으쓱했다.

"아마 아버지가 말한 설산의 위험이라는 게 이걸 말한 거였겠지."

"그래서 우리를 그렇게 말리셨던 거구나."

"어쨌든 이겼으니까 됐지."

"……너 진짜 강하더라."

테오가 기어들어 가는 목소리로 말했다.

"뭐?"

"도망치다가 네가 오크왕이랑 싸우는 걸 잠깐 봤어."

눈안개가 피어올랐다지만, 테오 정도의 감각을 지닌 녀석이라면 그 너머를 볼 수 있을 거라고 생각하긴 했다.

"내가 쓰던 비전이랑은 차원이 다르던데. 그게 진짜 슈넬덴의 비전이야?"

"맞아. 이게 진짜지."

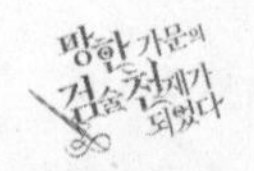

테오의 눈이 멍해졌다.

슈넬덴의 검이 그토록 강하고 아름다울 줄이야.

자신도 언젠간 루크처럼 진정한 슈넬덴의 검을 사용할 수 있을까.

그 경지가 너무 멀어 보이다 보니 아득하게만 느껴졌다.

루크가 거기에 충격적인 말을 하나 더 던졌다.

"근데 이게 끝은 아니야."

"끝이 아니라고? 그럼 뭐가 끝인데?"

테오의 머릿속엔 루크와 오크왕의 마지막 전투가 떠올랐다.

루크의 검을 따라 흩날리던 눈송이가 말이다.

처음에는 그것이 천설검의 일종인 줄 알았는데, 이내 그것은 천설검이 아니라는 걸 깨달았다.

그 검에 비한다면 천설검의 눈발은 고작 흰 점에 불과해 보였으니까.

"아!"

"오, 그땐 형도 전투 중 아니었나? 이쪽을 볼 여유가 있었나 보네."

"제대로는 못 봤어. 근데 이전과는 완전히 다른 비전을 쓴다는 건 알겠더라."

그다음 장면이 잘 떠오르지 않았는지, 그는 인상을 찌푸렸다.

"그건 뭐였어?"

"그것도 슈넬덴의 검이야."

'그리고 언젠가 네가 도달해야 할 목표 중 하나고.'

루크는 뒷말은 삼켰다.

그러나 그것만으로도 테오는 충격을 받았다.

풍월대검이나 천설검과는 격이 다른 것 같던 그것도 슈넬덴의 검이라니.

대체 슈넬덴이 누렸던 과거의 영광은 얼마나 대단했던 것일까.

그리고 그 과거를 알고 있는 루크는 대체 또 어떤 놈이고.

하나같이 가늠조차 안 됐다.

그러나 지금 그의 마음속에 드는 감정은 딱 한 가지였다.

'일단 루크가 무사하잖아.'

루크가 보여 줬던 슈넬덴의 진정한 검보다도, 루크가 살아 있다는 것 자체가 더 다행이었다.

자신의 동생은 슈넬덴의 부활을 이끌고 가는 인물.

코넬리오로부터 독립을 시도하고 있는 시점에 루크가 죽는 건 매우 큰 타격이다.

그런 걸 다 떠나서 루크가 죽는다는 사실 자체가 생각하기도 싫었다.

"어쨌든 그런 검도 살아 있어야 보여 줄 수 있잖아. 앞으로는 아무 데나 목숨 걸지 마."

"목숨 안 건다니까?"

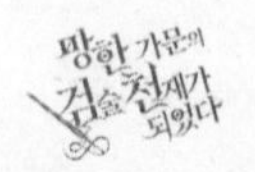

"안 건다는 놈 상태가 이렇게 되냐?"

"안 걸었으니까 이 정도밖에 안 된 거지."

고작 오크왕을 상대로 목숨을 걸어야 하는 상황까지 갔다면, 저승에 있는 전우들을 볼 면목이 없었다.

칼린이 끅끅거리고 있을 상상을 하니 피가 거꾸로 솟는 기분이었다.

"어쨌든 하지 말라면 하지 마."

진심 어린 테오의 목소리를 듣자 루크도 괜히 머쓱해졌다.

"아무튼 걱정시킨 건 미안해."

"앞으로는 그렇게 너 혼자 나서는 일 없도록 나도 더 수련하든가 해야지,"

그러던 테오가 뭔가 생각났는지 품을 뒤적거리기 시작했다.

"아, 맞아. 이거."

"이건……?"

"뭔지는 모르겠는데 아무튼 네 손에서 떨어진 거라 챙겨뒀어."

루크는 환호성을 지를 뻔했다.

아마 몸이 조금만 괜찮았어도 두 팔을 번쩍 들었을 것이다.

테오가 건넨 건 오크왕의 몬스터 코어였다.

아마 의식을 잃던 과정에서 바닥에 떨어뜨렸던 것이리라.

"다른 사람들 몰래 챙겼으니까 걱정하지 마."

이 녀석, 눈치가 꽤 많이 좋아진 것 같다.

그런 테오를 향해 엄지를 세웠다.

테오도 뿌듯한 듯 가슴을 쭉 폈다.

"아무튼 그럼 난 가 볼게. 라히츠도 네가 깨어나면 말해 달라고 했으니까."

그러면서도 테오는 칭찬이 어색했는지 얼른 자리를 떠 버렸다.

루크는 테오가 건네준 몬스터 코어를 가만히 지켜보았다.

'녀석의 공도 있으니 이건 좀 나눠 줘야겠네.'

라히츠는 방벽으로 돌아오자마자 바쁘게 움직이고 있었다.

생각지 못한 일이 생긴 탓에 처리해야 할 것들이 많았기 때문이다.

"그러니까 망루 확보 후 주변 정찰을 하다가 우연히 오크들의 흔적을 발견했다는 건가?"

"예, 그렇습니다."

지금은 후방조의 조장인 브리데커에게 보고를 듣고 있었다.

"아직 경험이 없는 것치고는 대단히 잘 싸웠더군."

"공자님들 덕분입니다."

브리데커는 루크와 테오를 뭉뚱그려 이야기했다.

루크가 수련을 위해 관심이 집중되는 것을 피한다고 했기 때문이다.

만약 루크가 한 모든 것을 이야기한다면, 루크는 가문 내에서 테오 이상의 기대주가 될 것은 자명한 사실.

그건 루크가 원하는 건 아니었기에, 루크와 테오를 비슷하게 언급하기로 한 것이다.

"그렇다고 해도 오크 부족과 치프를 상대하는 건 쉽지 않았을 텐데. 아주 장해."

"과찬이십니다."

"그러면 오크왕은 어떻게 된 건가?"

치프 정도는 브리데커의 리더십과 테오와 루크의 실력으로 어떻게든 상대할 수 있었다.

그러나 왕은 완전히 별개였다.

그 녀석은 원정대의 수석 기사 전원이 붙는다고 하더라도 승리를 장담할 수 없는 상대.

고작 십대에 불과한 도련님이 왕을 상대로 승리를 하는 건 불가능한 일이었다.

승리는 고사하고, 5분도 버티지 못할 테지.

"부끄럽게도 그 과정은 정확히 알지 못합니다."

브리데커가 고개를 숙였다.

"괜찮으니까 아는 데까지 말해 봐."

"치프를 처리하고 전장 정리를 마친 직후, 갑자기 오크왕이 나타났습니다. 녀석을 보자마자 도저히 상대할 수 없는 녀석임을 직감했습니다.”

이 역시 테오와 사전에 입을 맞춘 대로 대답했다.

“그래서 검은색 깃발을 쏘고 전령을 보냈나?”

“죄송합니다. 아직 패배하기 전이었음에도 그렇게 하는 것이 조금이나마 지원을 빨리 부를 수 있다는 생각에…….”

전투도 없이 검은색 깃발을 쏘는 건 분명 군법 위반이었다.

그러나 라히츠는 그를 탓할 생각이 전혀 없었다.

덕분에 도련님들께 일찍 갈 수 있었기 때문이기도 했지만, 다른 이유도 있었다.

조사 결과 눈 덮인 골짜기에 마물들이 대거 매복했던 흔적이 있음.

조금 전 전후 조사를 나간 레인저들에게서 온 정보였다.

만약 검은색 화살이 조금만 늦게 올라왔더라면, 원정대는 분명 큰 피해를 입었을 것이다.

간발의 차로 매복을 피했다고 생각하니 안도의 한숨이 절로 나왔다.

“상황이 상황이었으니 처벌은 하지 않을 거야. 그러니까 계속 말해 봐.”

브리데커는 오크왕이 나타난 순간부터 루크가 도망치라고 하고 남겨지기까지의 과정을 자세히 말해 주었다.

"허어……. 믿을 수가 없군."

그 말을 들은 라히츠는 혀를 내둘렀다.

그러나 브리데커의 표정을 보니 결코 거짓을 말하는 것 같지는 않았다.

"그러니까 루크 도련님이 시간을 벌어 주기 위해 혼자 남으셨단 말인가?"

"그렇습니다."

"그 뒤는 보지 못했고?"

"예, 저희도 그 이후 바로 오크 부대에게 습격을 당하는 바람에."

"그랬군……."

라히츠는 관자놀이를 꾹 눌렀다.

루크의 결정은 무모했지만, 슈넬덴의 이름에 전혀 부끄럼이 없는 행동이었다.

그런데 거기서 가장 큰 의문점이 생겼다.

루크는 어떻게 오크왕을 쓰러뜨린 것일까.

무슨 수로 그 압도적인 실력 차를 극복한 것일까.

'설마?'

한 가지 생각나는 게 있었다.

압도적인 실력 차를 극복하는 방법이 있긴 했다.

'하지만 그렇다는 말은…….'

그의 얼굴이 새파랗게 질리고 있을 무렵.

"대장님! 이 공자님께서 깨어나셨습니다!"

오매불망 기다리던 소식이 들려왔다.

"공자님의 의식이 회복되었다고?"

"예! 일 공자님께서 방금 깨어난 걸 확인했다고 하셨습니다."

"그럼 내가 직접 가 봐야겠어."

라히츠는 바로 몸을 일으켰다.

지금은 보고를 듣는 것보다 루크의 얼굴을 확인하는 게 우선이었기 때문이다. 라히츠는 당장 루크의 방으로 달려갔다.

"루크 도련님!"

"간 떨어지겠네."

루크의 초췌한 몰골을 보자 일단 눈물부터 났다.

아무래도 자신이 한 추측이 맞은 것 같았다.

"난 멀쩡하니까 걱정하지 마."

"멀쩡이라니요. 멀쩡이라니요! 라이프 마나를 쓰셔 놓고 어떻게 멀쩡이라는 말씀을 하십니까?"

"엥? 라이프 마나?"

"라이프 마나를 사용하셔서 오크왕을 잡은 것 아닙니까?"

저게 무슨 개소리일까.

미쳤다고 자신이 라이프 마나를 쓰겠는가?

라이프 마나는 말 그대로 생명의 근원이 되는 마나였다.

생명의 근원인 만큼 그 어떤 자연의 마나보다 순수하면서도, 자신의 몸에 가장 잘 맞다 보니 엄청난 위력을 품고 있었다.

그렇다고 그걸 사용한다 해서 넘을 수 없는 차이를 메울 수 있느냐?

절대 아니었다.

그렇다면 모두가 수명 좀 깎아서 자신보다 한참 강한 상대를 죽였겠지.

게다가 라이프 마나는 양동이에 든 물처럼 조금씩 덜어 쓰거나 하는 게 아니었다.

라이프 마나를 쓴다는 건 곧 죽는다는 말과 동의어였다.

설령 살았다고 해도 몸이 완전히 망가진 채 폐인이 돼 버릴 것이다.

그런데 자신이 그걸 써?

어떤 일에 목숨을 거는 건 지난 생 한 번이면 족하다.

이번에는 끝까지 살아서 부활한 슈넬덴을 전부 누리고 가리라.

'그래도 상대가 저렇게 오해해 주면 나한테 좋긴 하지.'

그렇지 않아도 오크왕을 어떻게 설명할지 고민이긴 했었다.

그걸 상대가 알아서 덜어 주었다.

"으응…… 뭐, 그렇게 됐어. 그래도 당장은 괜찮아."

"당장은 괜찮을 순 있어도 결국 밸런스가 깨진 몸이 서서히 붕괴할 겁니다."

"목숨을 걸어서라도 슈넬덴을 지킬 수 있었다면 난 그걸로 충분해."

"도련님……크흑!"

라히츠가 무릎을 꿇었다.

그러고는 고개를 떨군 채 울먹였다.

"정말 죄송합니다. 제가 지켜 드렸어야 했는데. 제가……."

"괜찮대도."

루크는 그런 그를 위로해 주었다.

그리고 그런 루크를 향해 경악하고 있는 이가 있었으니.

'이걸…… 이렇게 사기 친다고?'

대체 저 녀석의 사악함은 어디까지일까.

걱정이 깊어만 가는 테오였다.

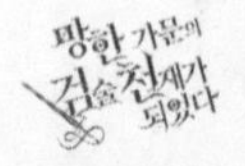

Chapter 4

라히츠가 어느 정도 진정된 후, 루크는 설산의 조사 결과를 물었다.

실제로 앞쪽에는 마물들이 대거 매복해 있었다.

다행히 빠르게 후퇴한 덕에 원정대의 피해는 거의 없었다.

더군다나 오크왕이 사라지면서 확보한 망루에 대한 후속 공격도 이뤄지지 않았다.

"눈 덮인 골짜기의 망루를 전부 되찾지 못한 건 아쉽지만, 그거야 차근차근하면 되겠죠."

라히츠의 말이 맞았다.

오크왕이 죽었으니, 오크들은 다시 여러 부족체로 돌아갈 것이다.

그럼 망루를 확보하는 건 시간문제이리라.
'이걸로 어쨌든 작전은 성공이네.'
엘릭서의 재료를 수급한 것도, 코넬리오의 지원 없이 망루를 되찾은 것도.
이로써 루크가 설산에 온 모든 목적을 이뤘다.
오크왕의 코어까지 얻었으니 예상했던 것보다 더 얻었다고 볼 수도 있으리라.
"그럼 도련님도 쉬셔야 하니, 저도 이만 가 보겠습니다."
"그래."
다시 방 안에는 루크와 테오만 남게 되었다.
그리고 머지않아 창밖에서 시끌벅적한 소리가 들려왔다.
"뭐야?"
"라히츠가 네 부탁대로 말했나 보네."
라히츠가 작전의 성공을 선언한 것이다.
이제는 모두가 승리의 축배를 들 때였다.
"그럼 우리도 나가 볼까?"
"아직 안정을 취해야지. 무려 라이프 마나까지 쓰셨는데."
"뒈진다?"
"미, 미안."
"이러고만 있으니까 답답해. 오랜만에 파티에도 참여하고 싶고."
루크가 일어서려고 하자 테오가 얼른 그를 부축했다.

테오의 부축을 받아 밖에 나가 보니, 왁자지껄한 소리가 더욱 크게 들려왔다.

기사들은 설산의 추위를 피해 모닥불에 옹기종기 앉아, 술잔을 손에 들고 있었다.

그들은 저마다 오크의 빼드렁니를 내놓고 개수를 세고 있었다.

꼭 그것이 지상 최대의 과제라도 된 것인 양.

"오랜만이네."

아른거리는 불꽃을 보고 있자니 괜스레 옛날 생각이 났다.

―이번 전투에서 난 빼드렁니 60개 모았어.

―고작 60개로 자랑질이냐?

―슈비처, 넌 몇 개나 모았는데?

―70개. 참고로 보어스는 72개다.

―고작 그 고블린 젖니만 한 것도 개수로 치는 거냐? 내 건 훨씬 크니까 하나당 두 개로 쳐.

―가주님! 또 칼린 이 자식이 억지 부리는데요?

녀석들의 목소리가 설풍을 타고 생생하게 들려오는 것 같았다.

'슈넬덴은 여전하구나.'

루크의 눈에는 그리움이 차올랐다.

200년 동안 슈넬덴엔 정말 많은 변화가 있었다.

하지만 여전히 슈넬덴은 슈넬덴이었다.

망루 확보 작전을 성공적으로 마친 원정대가 본가로 돌아왔다.

슈넬덴의 북문이 열리고 그 사이로 원정대가 의기양양하게 들어왔다.

척.

문지기들이 원정대를 향해 예를 표했다.

특히 그 예가 향한 곳은 루크와 테오 쪽이었다.

그도 그럴 것이 오크 치프와 왕의 등장 소식은 이미 본가에도 전해졌기 때문.

테오의 뛰어난 무예와 루크의 숭고한 희생은 사람들의 가슴을 울리기에 충분했다.

"공자님들께서 오크 치프와 왕을 상대했다지?"

"대단하군. 수석 기사들도 애를 먹는 상대들인데."

"그뿐인가? 이 공자님께서는 모두를 살리기 위해 오크왕과 홀로 겨루셨다잖아."

"이 공자님께서? 그토록 용맹하신 줄은 몰랐는데."

문지기들끼리 수군거리는 소리가 루크에게까지 들렸다.

그러나 루크의 표정은 좋지 못했다.

'생각보다 많은 관심을 받아 버렸네.'

브리데커가 자신의 활약을 축소해서 보고하지 않았더라면 정말 귀찮아질 뻔했다.

그래도 아직은 자신의 실력이 아니라 희생에 대해서만 이야기가 나오고 있으니, 이 정도면 예상치 못한 오크왕의 등장치고 선방했다고 봐도 괜찮을 것이다.

"임무를 완수하고 돌아오신 것을 환영합니다."

문지기가 라히츠에게 다가와 말했다.

"가주님께서 보고를 기다리고 계십니다."

"듣고 싶은 이야기가 많으시겠지."

"그런 것 같으시더군요."

율리안은 보통 원정대가 재정비할 시간을 주고 임무 보고를 받았다.

그러나 두 아들이 포함된 작전이어서인지, 평소보다 서두른 것이다.

"내가 바로 가 봐야겠군. 이봐, 핀."

"예."

"원정대 해산은 네가 맡아 줘."

"알겠습니다!"

라히츠는 그 길로 곧장 본관을 찾았다.

똑…….

가주실의 노크를 하려는 순간.

"들어오게!"

방 안에서는 가주의 다급한 목소리가 들려왔다.

아무래도 가주께서 많이 급하신 모양이었다.

라히츠는 가볍게 웃으면서 문을 열고 들어갔다.

"이리 급하게 불러 미안하네. 전령을 통해 들었지만, 더 자세한 이야기를 들어야 했네."

"아닙니다. 저 역시 이번 작전에 대해 빨리 보고를 드리고 싶었습니다."

라히츠는 작전의 시작부터 끝까지 하나도 빠짐없이 자세히 말했다.

이야기를 들을 때마다 율리안의 눈이 흔들렸다.

하나같이 놀라운 이야기들이었기 때문이다.

"설산에 오크왕이 등장했다니. 최근 마물들이 이상행동을 보였던 것도 그 때문이었나?"

"예, 아마 레인저와 수석 기사의 실종도 이와 관련된 것 같습니다."

"허, 이 시기에 망루를 확보한 것이 천만다행이군."

오크왕은커녕 치프의 흔적이 발견된 것도 이번이 처음이었다.

아마 모르고 있었다면, 한겨울이 찾아왔을 때 녀석들에게 크게 당했을 것이다.

"저희가 성공적으로 망루를 확보하고 무사히 복귀한 데는 도련님들의 활약이 컸습니다."

"그래, 그런 거 같군."

처음에는 그저 설산에서 경험을 쌓기만 바랐다.

그러나 활약을 하는 것도 모자라 원정대 전체를 구하다니.

두 아들은 언제나 자신의 예상을 뛰어넘었다.

"하지만 정말 송구스럽게도 루크 도련님께서는 라이프 마나를 사용하셨습니다. 저를 죽여 주십시오."

라히츠가 고개를 푹 숙였다.

그는 여전히 루크가 라이프 마나를 사용했다고 믿고 있었다.

자신이 조금만 더 일찍 도착했더라면, 루크가 라이프 마나를 쓰는 일까지는 없었을 것이다.

그렇게 생각하니 모든 책임이 다 자신에게 있는 것 같았다.

"라이프 마나라……."

율리안은 잠시 뜸을 들였다.

그러고는 희미하게 웃었다.

"아닐세. 그게 어떻게 자네의 탓이겠는가."

"제가 오크왕의 존재를 먼저 파악했다면 이런 일은 없었을 겁니다."

"자네가 아니었다면 이토록 훌륭하게 작전을 수행하지도

못했을 테지. 그러니 전혀 미안하게 생각하지 말게나."

율리안은 울먹이는 라히츠를 달래서 돌려보냈다.

라히츠는 미안한 마음에 방을 나가는 순간까지도 고개를 들지 않았다.

겨우 그를 돌려보낸 율리안은 다시 자리에 앉았다.

그 입가엔 여전히 희미한 미소가 걸려 있었다.

"루크가 라이프 마나를 써?"

루크를 모르는 자라면 당연히 그렇게 생각할 수밖에 없다.

이제 갓 정식 기사가 된 열다섯 살짜리 아이가 오크왕을 상대하기 위해선 그 수밖에 없을 테니까.

그러나 율리안은 그렇게 생각하지 않았다.

'분명 뭔가 다른 게 있었을 테지.'

루크가 뭔가 숨기고 있다는 건 진즉에 예상하고 있었다.

무엇을 숨기고 있는지, 또 얼마나 큰 걸 숨기고 있는지는 전혀 몰랐다.

그러나 이번 일을 들으며 안심이 되었다.

'루크가 슈넬덴을 진심으로 생각하고 있다는 것이 확인되었으니.'

만약 그 아이가 정말 숨기고 싶었으면, 오크왕과 혼자 싸울 필요도 없었을 것이다.

그 틈에서 자신만 살아남는 건 그리 어렵지도 않았을 테니.

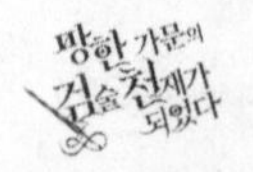

그러나 홀로 오크왕과 싸움으로써 모두를 살려 냈다.

루크처럼 치밀한 아이가 이 일로 의심을 사게 될 거라는 걸 모를 리가 없을 터.

그걸 감수하고서라도 슈넬덴을 지키기로 한 것이다.

'그것만으로 충분하다.'

루크가 어떤 비밀을 숨기고 있든, 그 아이가 슈넬덴을 끔찍이 생각한다는 것만으로도 충분했다.

슈넬덴이 외부와의 교류를 대폭 줄인지 어느덧 수십 년.

사람들의 기억 속에 슈넬덴은 점점 잊혀 갔다.

테론 대륙 전체로 봤을 때 슈넬덴을 기억하는 건 200년 전의 신화를 노래하는 음유시인이나 몇몇 호사가들뿐.

그러나 북부 사람들에게만큼은 여전히 슈넬덴이 남아 있었다.

이 척박한 땅에 사람들이 살기 시작한 이래로, 슈넬덴은 언제나 그들의 수호자였으니까.

아무리 지금의 슈넬덴이 예전만 못하다고 해도, 설산의 마물들이 과거만큼 위협적이지 않다고 해도.

그들의 의식 속에 북부의 주인은 영원히 슈넬덴이었다.

그렇기에 북부 사람들은 여전히 슈넬덴의 소식에 귀를 기울였다.

특히 최근 소식은 사람들에게 많은 흥미를 불러일으켰다.

—슈넬덴이 코넬리오의 지원 없이 홀로 설산의 망루를 확보하기 위해 나섰대.

사람들은 작전의 실패를 예상했다.

최근 슈넬덴이 달라졌다고는 해도, 그건 기껏해야 몇 달 정도.

슈넬덴은 그것보다 훨씬 오랜 세월을 망한 가문으로서 살아왔다.

가문 내부의 일을 직접 지켜보는 식솔들이 아니고서야, 슈넬덴을 보는 북부 사람들의 시선이 극적으로 변하기는 어려웠다.

그러나 며칠 후 들려온 소식은 그들의 예상을 완전히 뒤엎었다.

—슈넬덴이 설산의 망루를 거의 다 되찾았대. 심지어 오크왕까지 쓰러뜨렸다던데?

그건 지금껏 떠돌던 슈넬덴이 완전히 달라졌다는 소문을 증명하는 증거가 되었다.

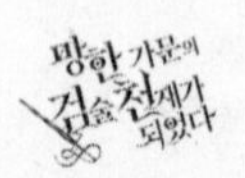

'이제 슈넬덴이 본모습을 찾기 시작했구나.'

'북방의 지배자가 돌아온 거야.'

'코넬리오도 슈넬덴을 제어하지 못하는 거 아닐까?'

그런 생각이 사람들 사이로 퍼져 나갔다.

그리고 그 생각에 가장 먼저 반응하는 이들이 있었으니.

"가주님 좀 뵐 수 없겠습니까? 잠깐이면 됩니다!"

"지난번에 귀문의 가주께서 저희와 만나고 싶다고 보낸 서신이 있습니다."

"이봐, 그건 5년 전에 보낸 거잖아!"

"그게 무슨 상관이오? 어쨌든 서신이 있으니 나는 들여보내 주시오."

북부에서 이름 좀 날렸던 상단의 단주들이 모두 슈넬덴을 찾았다.

아직 슈넬덴이 완전히 부활한 것은 아니었다.

샤룬이나 라바흐 같은 신흥 거대 가문들에 비한다면, 아직 슈넬덴은 미약했으니까.

하지만 슈넬덴이 '잠든 용'이라는 것에는 누구도 의문을 달지 않았다.

그 잠든 용이 200년 만에 뒤척이기 시작했다.

완전히 깨어나 비상하기 전에 얼른 줄을 대 놓아야 할 터.

하지만 문제는 그런 생각을 한 이가 한둘이 아니라는 것이다.

"이럴 줄 알았으면, 설산 원정을 선언했을 때 줄을 대는 건데."

"아니, 비스크 영지를 먹었을 때 해야 했어."

"그때만 해도 슈넬덴이 이렇게 살아나는 줄 알았나? 회광반조일 줄 알았지."

"소문에는 북부의 한 상인이 일찌감치 슈넬덴과 거래를 텄다던데?"

"그런 놈이 있다고? 누군지는 몰라도 계를 탔구먼."

상인들은 굳게 닫힌 문 앞에서 투덜거렸다.

그러나 아무리 후회한다 하더라도 저 문이 열릴 것 같지는 않았다.

모두가 그렇게 생각하고 있을 때였다.

"사람이 정말 많군요."

뒤쪽에서 웬 앳된 목소리가 들려왔다.

"이미 늦었으니까 돌아가슈."

"예?"

"댁도 슈넬덴이랑 어떻게 한번 만날까 싶어서 온 거 아니오? 아쉽게도 오늘 댁 차례는 안 올 거요."

콧수염을 길게 기른 상인 하나가 퉁명스럽게 말했다.

이 추운 곳에서 오랫동안 기다리면서 심기가 많이 불편해진 것이다.

"말씀 감사하지만, 저는 괜찮습니다."

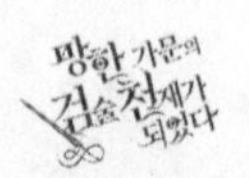

그리고 그 어린 상인은 사람들을 헤치고 맨 앞까지 나아갔다.

"쯧쯧, 장사는 패기로만 하는 게 아닌데. 하긴 나도 어릴 적에는 저렇게 파이팅 넘쳤지."

콧수염 상인은 어린 상인의 뒷모습을 보며 혀를 찼다.

그러나 잠시 후, 그의 콧수염이 위로 치솟을 만큼 놀라운 일이 펼쳐졌다.

"오셨습니까!"

그 철통같던 경비가 경례를 올리더니 정문이 열려 버린 것이다.

"뭐, 뭐야?"

콧수염 상인은 문득 자신들끼리 하던 말이 떠올랐다.

"저 어린놈이 슈넬덴과 일찌감치 거래를 튼 녀석이라고?"

그렇지 않고서야 저 문이 저토록 쉽게 열릴 리가 없었다.

한편 정문으로 들어온 래비는 슬쩍 뒤를 돌아보았다.

부러움과 당혹감이 혼재된 시선이 자신의 뒤를 따랐다.

'계를 탄 게 맞긴 해. 루크 공자님을 조금이라도 늦게 만났다면 나도 저기에 섞여 있었겠지.'

아니, 더 정확히는 저 틈에 끼지도 못한 채 비스크에서 장사나 하고 있었을 것이다.

이러니 루크에게 고맙지 않을 수가 있겠는가.

'얼른 이걸 전달해 드려야겠군.'

래비는 묘한 우월감을 느끼며 본관으로 향했다.

"알겠습니다. 그럼 설산의 자원은 앞으로 저희 오르겐 상단이 단독으로 맡도록 하겠습니다."

"좋소."

율리안과 래비는 허허 웃으며 악수를 나눴다.

래비가 나가고 나서도 율리안의 얼굴엔 만족감이 가시질 않았다.

'생각 이상으로 낮은 수수료야.'

오르겐은 문밖에서 자신을 봐 달라고 소리치는 상인들보다도 훨씬 적은 수수료를 제시했다.

그들은 최근 공격적인 투자와 타 상단과의 적극적인 공조로 빠르게 대륙을 개척해 가고 있는 상단.

이렇게 낮은 수수료로 그들의 상로망을 활용할 수 있다는 건 슈넬덴에 큰 이득이었다.

오르겐은 어떤 거래에서도 손해를 보지 않기로 유명한 상단이었다.

그러나 유독 슈넬덴에만큼은 이처럼 좋은 조건을 제시했다.

처음엔 워낙 의심스러워서 그가 제시한 계약서를 몇 번이고 검토했다.

그러나 아무리 검토해 봐도 나오는 건 너무나 좋은 조건이라는 결과뿐.

독소 조항 따위는 하나도 보이지 않았다.

이쯤 되니 궁금증이 생겼다.

어째서 오르겐이 슈넬덴에 이토록 잘해 주는 것인지.

'우리는 오르겐을 정확히 알지도 못하는데.'

기억하기는커녕 오르겐을 기억해 달라며 울부짖던 아이를 내쫓지 않았던가.

단주가 말하는 걸 들어 보면 분명 자신들은 모르는 과거의 슈넬덴과 어떤 관계가 있던 것 같았다.

오르겐은 그 관계 덕에 슈넬덴에 좋은 조건을 제시하는 것일 수도 있었다.

'그렇다면 이 인연 또한 조상님들의 은덕이구나.'

본가를 나서는 래비의 발걸음도 가벼웠다.

거래를 할 때면 조금이라도 더 이득을 보기 위해 입씨름을 했었지만, 슈넬덴에서는 그런 스트레스 따위는 없었다.

그저 너그럽게 웃으며 그들에게 좋은 조건을 제시하면 될 뿐.

사실상 루크의 돈을 가문으로 환원하는 과정이다 보니 어려울 게 없었다.

'이제 이것만 루크 공자님께 전달해 드리면 되겠어.'

그는 자신이 슈넬덴을 들른 목적을 떠올렸다.

손에 들려 있는 가방.

거기엔 루크가 준 재료와 조합법으로 만든 엘릭서가 들어 있었다.

'이걸로 공자님은 더 강해지시겠지?'

루크가 강해질수록 슈넬덴도, 오르겐도 모두 성장할 것이다.

그렇게 생각하니 조금이라도 빨리 이걸 전해 주고 싶었다.

그는 서둘러 약속 장소로 갔다.

슈넬덴 산의 초입.

그곳에 있는 빈집에서 루크를 만나기로 되어 있었다.

빈집의 문을 열고 들어가 보니, 거기엔 루크가 먼저 와 있었다.

그리 밝아 보이지 않는 안색.

듣기로는 설산에서 꽤 무리했기 때문이라고 했다.

"공자님, 몸은 좀 괜찮으세요?"

"괜찮아. 아마 그게 있으면 좀 더 빨리 괜찮아지겠지."

"여기 있습니다."

래비는 서둘러 엘릭서가 든 상자를 건넸다.

“엘릭서는 내가 말한 대로 제작했지?”

“그럼요. 공정별로 각기 다른 지역의 제작자들에게 부탁하여 만들었습니다.”

루크의 물음에 래비가 고개를 끄덕였다.

그가 이렇게까지 번거로운 절차를 밟은 이유는 당연히 보안 때문이었다.

명문가라면 응당 그 수준에 맞는 엘릭서 제조법을 보유하고 있기 마련.

그 제조법은 가문의 비전만큼이나 철저한 보안을 요구한다.

현재는 슈넬덴의 여력이 안 되는 탓에 외부 제작자들을 썼지만, 그렇다고 해서 제조법이 외부로 유출되는 건 사절이었다.

그래서 루크가 고안한 방법이 바로 제작 과정별로 분할 생산을 하게 하는 것이었다.

좀 번거롭기는 해도 그만큼 보안 유지에 있어서는 뛰어날 테니까.

“그런데 의뢰를 받는 제작자들마다 하나같이 놀라더군요.”

래비가 완성된 엘릭서를 가리키며 말했다.

“다들 설산의 재료들로 이렇게 준수한 엘릭서를 만들 수 있는지 몰랐다고 했습니다.”

“준수한 엘릭서라…….”

고작 준수한 엘릭서라니.

뭣도 모르는 것들이 이 엘릭서를 그렇게 평가했단 말인가.

하긴 녀석들이 이 엘릭서를 그렇게 보는 것도 이상한 건 아니었다.

모르는 사람이 봤을 때, 이건 딱 괜찮은 수준의 엘릭서처럼 보일 테니까.

그러나 냉기가 섞인 마나를 베이스로 하는 슈넬덴의 기사들에겐 그 효과가 확 달라진다.

게다가 이건 오크왕의 몬스터 코어까지 넣었으니, 그 귀하다는 상급 엘릭서에도 비벼 볼 수 있을 정도였다.

'이목이 끌리지 않았으면 그걸로 좋은 거지.'

루크는 좋게 좋게 생각하기로 했다.

"어쨌든 여기저기 연락하느라 고생했어."

"공자님의 도움에 비하면 아무것도 아니니, 괘념치 마십시오."

래비가 고개를 꾸벅 숙였다.

그 모습이 딱 예전 오르겐 씨를 보는 것 같아 기분이 묘했다.

"그리고 후에 말씀하신 코넬리오에 대한 건도 조사해 왔습니다."

"오, 벌써?"

"테론 대륙에서 장사를 한다면, 코넬리오와 브리든 제국

에는 언제나 눈이 가 있어야 하죠."

루크는 내심 놀랐다.

래비가 본격적으로 사업을 확장한 것은 불과 반년.

그 정도 기간 만에 이토록 신속하고 체계적인 정보 루트를 만들어 뒀다니.

제 선조를 넘어서는 상인의 재능을 가졌다는 건 역시 오판이 아니었다.

이 정도면 오르겐 상단을 자금줄 이외에 정보기관으로 사용해도 괜찮을 것 같았다.

"그래서 코넬리오 쪽에서는 이번 사건에 대해 어떤 입장이지?"

"아직 정보망이 세밀하지 않아 자세히는 알 수 없었습니다. 하지만 지금으로선 슈넬덴을 견제할 여력이 없어 보이더군요."

"브리든 때문에?"

"그렇습니다. 둘의 긴장 상태가 꽤 오랫동안 이어지고 있는 탓에 대부분의 시선이 그쪽으로 쏠려 있습니다."

아무리 코넬리오라고 하더라도 브리든 제국과의 기 싸움이 벌어지면, 다른 곳으로 힘을 분산시키기는 힘들 것이다.

"그렇다면 아마 지부장 녀석 정도만 교체하고 끝나겠군."

"더한다면 샤룬에 대한 의심이 있겠지요."

그 정도면 괜찮았다.

최근 슈넬덴의 분위기가 좋다지만, 코넬리오가 마음먹고 견제를 한다면 여간 귀찮아지는 게 아닐 테니까.

"더 많은 정보들은 보고서에 자세히 적혀 있습니다. 다만 추가 정보는 항간에 떠도는 소문을 토대로 만들다 보니 신빙성은 조금 떨어질 겁니다."

"소문 중에서도 쓸모 있는 정보는 얼마든지 있으니까. 앞으로도 코넬리오 쪽은 계속 주시해 줘."

"예."

래비는 루크와 인사를 나누고는 돌아갔다.

루크는 래비가 주고 간 엘릭서 상자를 열어 보았다.

상자 안에는 엘릭서 세 병이 가지런히 놓여 있었다.

'하나가 남는군.'

설산의 짙은 냉기 덕분에 재료의 상태가 더 좋았던 모양이다.

그가 예상했던 것보다 더 많이 만들어진 것이다.

그렇다고 남은 걸 굳이 더 먹을 필요도 없었다.

과유불급이라고 했던가.

신체가 엘릭서를 받아들이는 데는 한계가 있었다.

자신의 코어의 한계치 이상을 받아들이면, 나머지는 다시 몸 밖으로 빠져나가고 만다.

그렇다고 쟁여 둘 필요도 없었다.

같은 엘릭서를 여러 번 사용하면 그만큼 효율도 떨어지게 되니까.

'남은 걸 누구에게 줄지는 차차 생각해 봐야겠어.'

어쨌든 급선무는 자신의 텅 비어 버린 코어를 채우는 것이었다.

원정이 끝나고 한참 요양했음에도, 아직 회복된 마나는 턱없이 부족했다.

아마 이 엘릭서가 그 허전함을 채워 줄 수 있으리라.

그뿐일까.

마나를 고스란히 흡수할 수만 있다면 오히려 전보다 더 많은 충족감을 느낄 수도 있을 것이다.

뽕.

루크는 상기된 표정으로 엘릭서의 뚜껑을 열었다.

톡 튀는 냄새가 코를 찔렀다.

그리 유쾌한 맛은 아니었지만 어쩌겠는가.

이것보다 효율적으로 마나를 보충할 방법은 없는 것을.

루크는 인상을 팍 쓰며 엘릭서를 들이켰다.

목구멍을 타고 넘어간 엘릭서는 곧장 몸 곳곳으로 흡수되었다.

'지금부터야.'

루크는 몸 여기저기에 흩뿌려진 마나를 통제하기 시작했다.

그의 마나가 회로를 지나갈 때마다 엘릭서의 기운이 반응하여 뒤를 따랐다.

앞선 마나의 인도를 따라 루크의 회로를 일주한 엘릭서의 기운은 그대로 코어에 저장됐다.

'확실히 순도가 높은 마나군.'

그의 예상대로였다.

공기 중에서 마나를 끌어모을 때와는 달리 쳐내는 부분이 현저히 적었다.

설산의 풍부한 냉기를 머금어서인지, 슈넬덴의 코어에 이렇게나 잘 어울릴 수 없었다.

그러나 루크는 아직 집중을 풀지 않았다.

그래 봐야 이제 한 번.

아직 회로 여기저기에 엘릭서의 기운이 흩어져 있었다.

그 기운이 몸 밖으로 빠져나가기 전에 얼른 갈무리해야 했다.

'한 방울도 안 놓친다.'

그는 굳은 의지를 내비치며 더욱 집중했다.

이 연공이 언제 끝날지는 그조차 알 수 없었다.

루크는 꽤 오랜 시간 같은 자세로 앉아 있었다.

너무나 집중한 탓에 그사이 해가 지고 떴는지도 알지 못할

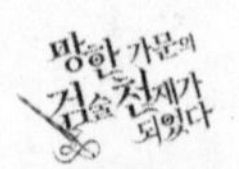

정도였다.

그리고 마침내.

"흐읍!"

종일 닫혀 있던 루크의 눈꺼풀이 떠졌다.

그 눈동자는 한층 더 깊어져 있었다.

'이 정도면 괜찮네.'

루크는 자신의 오른쪽 가슴에 감각을 집중했다.

그 안에선 여전히 두 개의 코어가 느껴졌다.

다른 점이 있다면 전과 달리 코어가 채워져 있다는 것이다.

그것도 아주 가득.

설산에서 그 고생을 하며 엘릭서를 만든 보람이 있었다.

'이렇게까지 가득 찰 줄은 몰랐는데.'

아마 오크왕에게서 꺼낸 몬스터 코어 덕분이리라.

그리고 무엇보다 루크를 만족시킨 것은 바로 두 개의 코어 옆에 자리 잡은 또 다른 코어였다.

'이걸로 세 번째 코어의 틀이 잡혔어.'

아직 완성된 코어라고 말할 수는 없었다.

굳이 비유하자면 건물의 뼈대만 세워 둔 상태.

남은 건 마나를 채워 넣어 살을 붙이는 것뿐이었다.

그리고 그것도 아마 시간문제일 것이다.

루크는 가볍게 자리를 털고 일어났다.

"으으."

워낙 오랫동안 같은 자세를 하고 있어서인지, 온몸이 저릿해졌다.

그러나 저릿함은 금세 사라지고, 이어서 속에서부터 올라오는 충만함을 느꼈다.

이 정도면 몰살의 싸락눈을 사용한다고 해도, 전처럼 코어가 텅 비어 버리진 않을 것이다.

'이 정도라면 테오의 코어도 가득 차겠는데.'

테오의 코어가 가득 찬다.

그 말은 곧 그에게도 루크의 모든 것이 담긴 비전을 가르칠 때가 되었다는 의미다.

코어 분열.

슈넬덴이 코넬리오를 뛰어넘을 수 있는 유일한 방법을 말이다.

'그것도 꽤 골치 아프겠지.'

워낙 생소한 수법이니 테오도 쉽게 받아들이긴 힘들 것이다.

어쩌면 지금껏 배워 왔듯 정석대로 가르치는 방법도 있었다.

익숙한 만큼 반발도 없이 빠르게 배울 수 있을 테니까.

'그러면 테오도 똑같은 한계에 부딪힐 거야.'

과거 자신은 멀빈과 마룡 앞에서 커다란 벽을 마주했다.

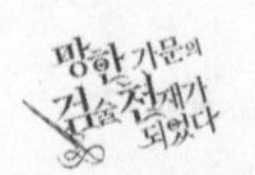

자신만이 아니었다.

지금껏 슈넬덴은 언제나 그 벽을 뛰어넘지 못했다.

그러니 테오와 현재의 슈넬덴 역시 마찬가지일 테지.

슈넬덴은 또 똑같은 전철을 밟게 될 것이다.

평생 코넬리오의 뒤꽁무니나 쫓는 그런 신세.

예전이라면 모를까, 이제는 절대 그 꼴을 보고 있을 수 없었다.

코넬리오에 대한 증오는 가슴 속에 콱 박혀 있었으니까.

평범해서는 결코 벽을 뛰어넘을 수 없다고 했던가.

지금은 그 평범하지 않은 방법으로 그 벽을 뛰어넘어야 할 때였다.

'일단은 테오를 만나 보자.'

루크는 엘릭서를 한 병을 챙기고는 방을 나갔다.

설산 원정이 끝난 지도 어언 두 달이 지났다.

그러나 테오는 여전히 넋이 나가 있었다.

시간이 많이 흘렀지만, 자꾸만 가슴속에서 여러 가지 감정이 샘솟았다.

처음으로 설산에서 임무를 수행했다는 것도.

그곳에서 목숨을 건 치열한 전투를 벌이고 왔다는 것도.

그리고 루크의 도움이 없었다면 임무 중에 죽었을 거라는 것도.

이번 임무는 자랑스러우면서도 동시에 부끄러웠다.

'아직 너무 부족해.'

테오는 머리가 복잡해지자 늘 그렇듯 백은관으로 향했다.

"후읍!"

붕, 부웅—!

목검이 허공을 몇 번이나 갈랐고, 그럴수록 테오의 머리는 땀으로 젖어 갔다.

평소 같았으면 상념이 날아갔을 법한 훈련 강도.

그러나 요즘은 도통 머리가 맑아지지 않았다.

오히려 검을 휘두를수록 답답함이 더해져만 갔다.

그 이유는 그의 머릿속에서 선명하게 떠오르는 한 장면 때문이었다.

'루크의 그 검은 대체 뭐였을까?'

오크왕을 베어 버렸던 그 눈부신 검.

그 검에 대한 인상이 도무지 사라지지 않았다.

루크의 검을 따라 춤추듯 흩날리는 눈송이.

슈넬덴의 기사라면 누구라도 그 광경에 홀릴 수밖에 없을 것이다.

루크는 그것도 슈넬덴의 검이라고 했지만, 자신은 가문에서 그런 검은커녕 비슷한 검조차 본 적이 없었다.

설령 아버지라고 해도 그런 검을 보여 주지 못할 것이다.

'정말로 나도 그렇게 될 수 있을까?'

루크는 분명 그 검이 슈넬덴의 것이라고 했다.

그 말인즉 자신이 루크만큼 강해진다면, 그 검을 재현할 수 있다는 의미.

그렇게 생각하니 욕심이 생겼다.

자신도 루크를 따라잡고 싶다는 욕심이.

그리고 그 눈송이를 자신의 검으로 피워 내고 싶다는 욕심이.

후웅!

목검을 휘두르는 손에 힘이 팍 들어갔다.

테오는 무의식중에 루크가 보여 줬던 동작을 따라 하고 있었다.

"흡!"

각각의 검초가 사방으로 흩어진다.

그 검 끝 하나하나가 마치 눈송이처럼 피어난다.

이 눈송이가 만개한다면 마치 하늘에서 눈이 내리는 듯한 착각이 드리라.

그 경지에 이르기 위해 테오의 검이 더욱 빨라졌다.

이를 보조하는 발도 덩달아 바빠졌다.

그러나 이건 의욕이 너무 앞섰다.

"엇?"

쿠당탕!

결국 오른발이 왼발에 걸리면서 테오가 볼썽사납게 넘어졌다.

너무 속도를 냈기 때문일까.

넘어지는 충격이 생각보다 더 강했다.

"으으윽."

테오가 바닥에 처박힌 머리를 겨우 치켜들었다.

뒤에서 누군가의 코웃음 소리가 들렸다.

"어, 그거 그렇게 하는 거 아닌데."

그 목소리만 들어도 누군지 알 것 같았다.

애당초 백은관에서 자신을 비웃을 사람이 한 명밖에 없기도 했고.

"루크?"

"그 검이 쓰고 싶어?"

"뭐, 그렇지."

테오는 괜히 머쓱해져서 시선을 돌렸다.

아직 사칙연산도 안 배운 학생이 방정식을 풀겠다고 까불다가 들킨 느낌이었다.

"너 벌써 요양 다 끝난 거야?"

의원들 말이 루크가 최소 석 달은 안정을 취해야 한다고 했다.

그런데 이 녀석은 두 달 만에 저렇게 멀쩡해져서 돌아왔다.

"아직 완전 회복은 아니야. 방 안에만 있으려니까 몸이 쑤셔서."

"그래?"

테오는 불안한 눈으로 루크를 쳐다봤다.

동생이 회복되었다는 건 반길 만한 일이었다.

그럼에도 이렇게 불안한 이유는 루크가 '그 표정'을 짓고 있었기 때문이다.

루크가 자신에게 이상한 걸 시키기 전에 나오는 저 특유의 표정.

이번에는 또 무슨 생각을 하고 있는 걸까.

"아, 콧구멍에 바람 좀 쐬니까 이제 좀 살겠네."

루크는 어깨를 붕붕 돌렸다.

눈앞을 왔다 갔다 하는 주먹에 테오가 움찔거렸다.

루크에 대한 경외심과는 별개로 초반에 심어 둔 공포심이 아직도 작동하고 있는 것이다.

"아무튼 그 검은 형이 배우기엔 아직 일러."

"다 봤구나."

"워낙 요란하게 넘어졌으니까."

테오는 부끄러움에 쥐구멍에라도 숨고 싶었다.

"그래도 언젠가는 그 검을 써야겠지. 형도 슈넬덴이니까."

"그런데 넌 도대체 그런 걸 어디서 배워 온 거냐?"

테오는 그런 질문을 한 것을 후회했다.

루크의 표정이 딱딱하게 굳어 가고 있었기 때문이다.

-하나라도 더 물어보면 다시는 그런 질문을 못 하게 강냉이를 털어 주마.

루크의 눈이 그렇게 말하고 있었다.

이럴 땐 그냥 입을 닫는 게 맞았다.

많은 비밀이 있는 녀석이지만, 그래도 자신과 동료들을 지키기 위해 오크왕 앞에 홀로 맞섰던 녀석이기도 했으니까.

"좋네."

테오가 질문을 멈추니 루크가 흡족한 듯 고개를 끄덕였다.

"아무튼 형도 그 검을 쓰고 싶은 거지?"

"물론이지!"

"그럼 지금 같은 상태로는 한참 부족하다는 것도 알겠네?"

"……."

익숙한 패턴.

뭔가 말렸다는 생각이 든다.

하지만 이미 늦었다.

루크의 입은 벌써 옆으로 쭉 찢어졌기 때문이다.

"아무래도 수련량을 좀 늘려야겠지?"

"좀?"

"조금 많이?"

"앞에 말은 빼자."

"……많이?"

"그렇지."

그제야 루크가 손가락을 튀겼다.

반면 테오의 얼굴은 절망으로 물들어 갔다.

'이 미친 동생 새끼야! 지금도 밥 먹고 자는 것 빼면 다 수련인데 여기서 더 어떻게 늘려?'

망상 속에서는 이미 루크에게 그렇게 호통을 쳤다.

물론 루크는 그 망상마저도 읽어 버렸다.

"시간을 늘리는 건 이제 무의미해."

"헉!"

역시 녀석은 독심술을 할 수 있는 게 분명했다.

루크가 한심한 눈으로 혀를 쯧 차고는 제 할 말을 이어 갔다.

"이제 수련의 질을 늘려야지."

"그건 어떻게 하는 건데?"

"걱정 안 해도 돼. 내가 차차 알려 줄 테니까."

'그래서 더 걱정된다는 건데…….'

테오는 행여나 그 생각마저 들킬까 봐 머릿속에서 털어 버렸다.

저 녀석은 독심술을 쓰고 있었으니까.

"자, 이거."

루크는 웬 약병 하나를 꺼냈다.

"이게 뭔데?"

"수련의 질을 획기적으로 늘려 주기 위한 약."

루크가 빙긋 웃으며 말했다.

테오는 선뜻 그 병을 집어 들지 못했다.

'혹시 이거 독약인가? 아니면 마약?'

둘 중 뭐든 간에 이건 그리 안전해 보이지 않았다.

"아, 속고만 살았나? 왜 그렇게 경계를 해?"

"지금 네 멘트가 대놓고 수상하잖아."

"싫음 말고. 내가 성인군자도 아니고 의심받으면서까지 선행을 베풀 생각은 없어."

루크가 돌아서자 테오가 못내 아쉬운 듯 그를 붙잡았다.

"아니, 그래서 그게 뭔데?"

"엘릭서."

"엘릭서가 우리 집에 있을 리가 없잖아."

아무리 집안의 사정이 나아졌다지만, 벌어들이는 돈은 대부분 가문을 복구시키는 데 들어가고 있었다.

아직 혈족들에게 엘릭서를 구해다 먹일 정도의 여유는 없었다.

무엇보다 루크의 표정을 보니 그 수상함이 더욱 짙어졌다.

"그래서 마실 거야, 말 거야?"

"마, 마실게. 아니, 마시게 해 주세요."

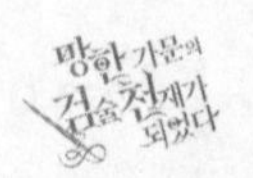

"그럼 내친김에 연공도 하게 안으로 들어가자."

백은관 안으로 들어온 루크는 엘릭서 병을 건네주었다.

불안감이 다 가신 건 아니었지만, 그 귀한 엘릭서를 주는데 계속 의심하고 있을 수도 없었다.

뽕.

병마개를 따자마자 코를 찌르는 냄새가 올라왔다.

역시 이건 독약이 아닐까…….

"독약 아니니까 쭉 들이켜. 냄새 말고는 참을 만해."

그 말을 믿고 단숨에 엘릭서를 들이켠 게 잘못이었다.

"읍!"

냄새보다 두 배는 더 끔찍한 게 맛이었다.

귀한 엘릭서만 아니었다면 입안에 들었던 걸 토해 냈을지도 몰랐다.

꿀꺽, 꿀꺽.

하지만 효과만큼은 확실했다.

엘릭서가 타고 지나간 자리에서 진한 기운이 느껴졌다.

아직 제대로 흡수한 것도 아닌데 이 정도라니.

테오는 천천히 엘릭서의 마나를 흡수하기 시작했다.

아마 지금부터 시간이 꽤 걸릴 것이다.

'그러고 보니 그동안 루크는 뭘 하고 있을 생각이지?'

연공을 시작했으니, 인제 와서 물어볼 수도 없었다.

사실 걱정할 것도 아니긴 했다.

루크라면 뭐든지 알아서 하고 있을 테니까.

'일단은 이 엘릭서를 받아들이는 데 집중하자.'

연공을 마친 테오가 눈을 떴다.

그의 얼굴은 잔뜩 상기되어 있었다.

'이거 진짜 엘릭서였구나.'

루크가 거짓말을 친 게 아니었다.

코어를 가득 채운 마나가 그걸 증명하고 있었다.

'곧 코어를 확장해야겠는데.'

좁은 집에 가족이 가득 들어찼다면 집을 확장해야 하듯, 코어도 마찬가지였다.

마나가 더 들어올 공간을 마련하기 위해서라도 코어의 확장은 필수 단계였다.

그 생각만으로도 벌써 가슴이 설레어 왔다.

코어의 크기가 늘어난다는 건 곧 강해진다는 의미였으니까.

'코어 확장은 한참 뒤의 일이라고 생각했는데.'

루크에게 고마운 마음이 들었다.

이런 귀한 엘릭서를 자신에게 주다니.

'그러고 보니 루크는 어디로 갔지?'

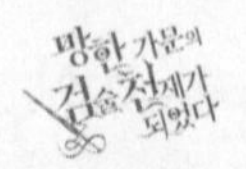

테오의 시선이 자신의 내면에서 외부로 건너왔다.

그제야 옆에 앉아 있던 루크가 보였다.

'뭘 하고 있는 거지?'

루크는 가부좌를 튼 채로 앉아 있었다.

자신이 엘릭서를 흡수하는 동안 루크도 마나 연공을 하고 있던 모양이다.

잠깐이라도 짬이 나면 수련을 하는 게 역시나 루크다웠다.

테오는 그런 루크를 가만히 지켜보았다.

'대단하긴 해.'

루크 주변의 마나는 마치 다른 세상의 존재하는 것처럼 고요했다.

원래부터 루크의 것이기라도 한 것처럼 자연스럽게 그에게로 흘러 들어가는 걸 보고 있자면, 경이로울 지경이었다.

테오는 홀린 듯이 그 광경을 지켜보았다.

자신도 집중을 해서였을까, 흘러간 시간을 가늠할 수 없었다.

그 순간.

우웅.

루크를 중심으로 어떤 울림이 퍼져 나왔다.

"어?"

테오의 눈이 번쩍 떠졌다.

그러고는 얼른 자신의 입을 막았다.

지금 루크는 고도의 집중 상태.

행여나 자신의 소리가 그 집중을 깨뜨리기라도 한다면, 자칫 루크의 마나가 역류를 할 수도 있었다.

테오는 입을 다문 채 그 울림이 주는 여운에 잠겼다.

'방금 건 뭐였지?'

마치 고요한 호수에 돌 하나가 떨어진 것 같은 맑고 청아한 울림.

생전 처음 겪어 보는 감각이었다.

"뭐야? 벌써 눈을 떴어?"

그 감각을 상기하고 있던 사이, 루크가 눈을 떴다.

"제대로 흡수한 거 맞아?"

"그럼!"

루크가 의심스러운 목소리로 묻자 테오가 발끈했다.

"오, 그래? 엘릭서 효과는 좀 어때?"

"내가 의심해서 미안해. 그거 진짜 좋은 거더라."

"그래서 코어는 가득 찼어?"

"아, 그렇지! 진짜 고마워. 네 덕분에 코어를 꽉 채웠어."

테오가 자랑스럽게 자신의 오른쪽 가슴을 두드렸다.

"잘됐네. 그럼 이제 다음 단계로 가자."

"다음 단계? 코어 확장 말이야?"

테오는 당연하다는 듯 말했다.

그러나 루크는 고개를 저었다.

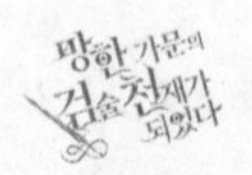

"뭐야, 그럼?"

"그 전에 하나만 묻자."

언제나 장난기가 가득하던 루크의 눈이 진지하게 변했다.

"정말로 그 검을 쓰고 싶어?"

"당연하지."

물어볼 것도 없었다.

루크가 보여 줬던 그 환상적인 검을 자신도 쓸 수 있다면, 영혼이라도 팔고 싶다는 생각마저 들었을 정도였으니까.

"그럼 새로운 코어를 확장해선 안 돼."

"확장을 안 시키면 어떻게 하는데?"

테오의 고개가 갸웃했다.

강한 기술을 쓰기 위해선 그만큼 많은 마나가 필요하다는 건 상식이었다.

그 마나를 담을 정도로 그릇을 키우는 것도 당연했고.

"코어를 분열시킬 거야."

"……?"

테오의 두 눈이 물음표로 변했다.

"하나의 코어를 키우는 게 아니라 그 코어를 분열시키고 공명시키는 거지."

루크는 코어 분열에 대한 대략적인 이론을 설명해 주었다.

"이해했어?"

"……으응."

"거짓말하지 마."

"……."

그러나 테오는 멍청한 얼굴로 눈을 껌뻑이고만 있었다.

지금껏 설명한 것의 단 1할도 이해 못 한 것 같은 표정.

딱히 화가 나지는 않았다.

애당초 존재조차 하지 않던 개념을 말로 몇 번 설명한다고 이해할 수 있을 리가 없지.

이런 상태에선 원리를 더 설명한다고 한들, 알아먹지도 못할 것이다.

그래서 보다 빠른 방법을 택했다.

"보면 알 거야."

루크가 가부좌를 틀고 앉았다.

그러고는 서서히 마나를 순환시켰다.

우웅.

그의 코어가 공명하기 시작했다.

그러자 마나가 급속도로 확장했다.

우웅!

공명이 일어날 때마다 마나는 더욱 빠르게 커졌다.

본인이 가진 마나에 비해 몇 배는 큰 존재감.

그것을 본 테오는 머리가 삐쭉 서는 것 같았다.

"그게 분열이라는 거야?"

"맞아. 정확히는 분열한 코어를 공명시킨 거지."

"공명……."

"보다시피 이걸로 마나를 증폭시킨다면 자신의 마나량에 비해 더 많은 걸 해낼 수 있어."

분명 놀라운 이야기였다.

검을 배우는 기사라면 어떻게든 코어에 마나를 많이 담는 것에 초점을 맞추고 수련한다.

이유야 단순했다.

부동의 1인자 코넬리오가 그렇게 최고의 가문이 되었으니까.

그러나 코넬리오처럼 축복받은 코어를 타고나지 않는 이상, 마나량으로 그들을 앞서기란 불가능하다는 것이 중론이었다.

그런데 루크는 아예 발상을 뒤엎은 것이다.

마나를 억지로 더 담는 것이 아니라, 가진 마나에 비해 더 큰 위력을 내는 마나 운용법.

저것이야말로 지금의 슈넬덴에 반드시 필요한 기술 같았다.

하지만 선뜻 가르쳐 달라고 하자니, 겁이 나는 것도 사실이었다.

만에 하나라도 코어를 분열시켰다가 잘못되기라도 한다면?

그럼 애써 키워 놓은 코어가 반으로 줄게 될 것이다.

지금껏 쌓아온 성취의 절반을 내줄지도 모르는 일.

이런 중차대한 결정을 성급하게 내릴 수는 없었다.

"평범해서는 벽을 뛰어넘을 수 없다."

루크가 나지막하게 말했다.

그러나 내용만큼은 명확히 들렸다.

"그게 슈넬덴의 가르침이잖아."

"그렇긴 하지만……."

테오는 한동안 고민에 잠겼다.

그러나 고민을 하는 와중에도 머릿속에서 떠나지 않는 한 가지가 있었으니.

우웅.

조금 전 연공을 하던 루크에게서 퍼져 나왔던 울림.

그 여운이 아직도 가시질 않았다.

'생각해 보면 오크왕이랑 싸울 때도 비슷한 기운을 느꼈었지?'

오크와의 전투로 워낙 정신이 없었던 터라 확실하지는 않았다.

하지만 곰곰이 생각해 볼수록 분명 묘한 울림이 루크로부터 나왔었다.

그때도 루크는 공명을 이용한 것이겠지?

무엇보다 루크가 말했지 않은가.

그 검을 쓰고 싶다면 코어를 분열시켜야 한다고.

'그 검을 쓰기 위해선 영혼이라도 팔고 싶다고 생각했었잖아.'

그렇게까지 생각하니 결론은 쉽게 내려졌다.

"후, 그래. 인제 와서 널 안 믿으면 또 어떡할 거야."

"좋은 선택이야."

"뭐 어떻게 하면 되는 건데?"

"내가 도와줄 테니까 앉아 봐."

테오는 루크가 시키는 대로 자리에 앉았다.

"천천히 마나 연공을 시작해."

테오가 코어에서 마나를 꺼내 순환하기 시작했다.

"내가 유도해 줄 테니까 마나가 흩어지지만 않게 잘 유지해."

"알겠어."

루크가 생전 이루지 못했던 새로운 비전의 전수.

그것이 200년 만에 이루어지는 순간이었다.

3시간 후.

루크는 혼자서 백은관을 나섰다.

테오는 어디로 갔냐고?

탈진된 채로 백은관 바닥에 누워 있을 것이다.

그 상태가 되고도 테오는 코어 분열을 하지 못했다.

그건 예상했던 바이기도 했다.

200년 전의 자신조차 첫 시도 때는 꽤 오랜 시간이 걸렸는데, 테오가 한 번에 성공할 리가 없잖은가.

'그래도 하루 만에 코어에서 마나를 분리해 내는 데까지 성공할 줄은 몰랐는데.'

물병 밖에서 물이 형태를 유지할 수 없듯, 마나도 보통의 경우 코어나 회로 밖에서 형태를 유지할 수 없다.

그걸 가능하게 하는 능력이 바로 마나 제어력.

그러나 이것도 말이 쉽지, 마나를 수족처럼 다루는 사람조차 해내기 어려운 일이었다.

'이 정도면 빠른 시일 내에 코어 분열에 성공할 수 있겠어.'

루크의 입가엔 미소가 감돌았다.

테오는 루크의 '관심받이'이자 연막이었다.

현재 테오의 명성을 보자면 북부에서 통하는 정도.

그러나 코어 분열까지 성공해도 그 명성이 북부를 넘어 대륙 전체로 퍼지기 시작할 것이다.

그럴수록 자신의 운신 폭도 더 늘어날 터.

이러니 웃음이 나지 않을 수 있겠는가.

테오의 성과를 기대하며 소월관으로 돌아가려 할 때였다.

"음?"

웬 인기척이 느껴져 그쪽으로 고개를 돌렸다.

"아, 안녕하십니까, 이 공자님."

"엘린인 줄 알았네."

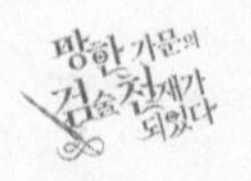

그는 엘린이 아니라 브리데커였다.
오라는 엘린은 안 오고 이 녀석이 오다니.
내심 실망하며 브리데커에게 용무를 물었다.
"무슨 일이야?"
"……."
"할 말 없으면 난 간다."
"그것이……."
브리데커는 다급하게 입을 열었다.
"나도 쉬러 가는 길이니까 기왕이면 짧고 굵게 말해 줘."
"예."
이야기를 들어 보니, 브리데커는 이번 원정에서 큰 무력감을 느꼈다고 한다.
사실상 이번 작전이 대성공을 거둘 수 있었던 이유는 바로 슈넬덴의 두 공자.
그중에서도 루크의 활약은 두말할 것도 없었다.
오크들의 우회를 알아차리는가 하면, 오크왕마저 쓰러뜨리지 않았던가.
자신보다 열 살도 넘게 어린 직계 혈족이 해낸 일이었다.
아무리 재능이 남다르다 하더라도, 기사에게 십 년이라는 차이는 결코 무시할 수 없다.
그럼에도 압도적인 무력을 선보이던 두 공자를 보며, 브리데커는 알게 모르게 자존심이 상했다.

그래서 이렇게 루크를 찾아온 거라고 했다.

"자존심이 상한 거랑 나를 찾아온 거랑 무슨 상관이야?"

사정을 들은 루크가 고개를 갸웃했다.

"공자님께서 해 주신 말씀이 떠올랐습니다."

"내가 한 말이 뭐였지?"

"제게 강해지라고 하셨지 않습니까."

"아, 내가 그랬었구나."

브리데커는 당황했다.

나름대로 감명받은 말이었는데, 정작 상대는 기억조차 하지 못하다니.

괜히 혼자서 그 말을 담아 두고 있었던 모양이다.

"그게 왜?"

"원정에서 돌아온 이후로 저는 공자님의 말씀에 따라 더욱 강해지기 위해 바로 수련을 시작했습니다."

"오, 그건 좋네."

모름지기 수련의 효과는 자신의 부족함을 느꼈을 때 가장 좋아지는 법.

그런 의미에서 저 녀석의 행동은 칭찬받을 만했다.

"하지만 이내 부족함이 느껴졌습니다."

"음……."

지금 녀석이 무슨 말을 하고 싶은지 알 것 같았다.

혼자서 하는 수련으로는 성에 차지 않으니, 자신에게 직접 가르쳐 달라고 부탁하러 온 것이리라.

이해가 안 가는 것도 아니었다.

이미 압도적인 광경을 봤다면 그것이 계속 눈앞에 아른거릴 수밖에 없다.

이미 압도적인 실력을 갖춘 사람이 곁에 있는데, 어떻게 혼자서 가만히 수련할 수 있겠는가.

"그래서 나보고 네 수련을 도와 달라고?"

"부끄럽지만…… 그렇습니다. 압니다, 공자님을 무시한 저를 가르치고 싶지 않으시다는 거. 하지만……."

브리데커가 고개를 푹 숙이며 말했다.

"공자님께서 시키시는 거라면 뭐든 다 하겠습니다. 벌이라고 해도 달게 받을 테니, 부디 저를 지도해 주십시오."

그는 눈까지 꽉 감으며 결연한 의지를 보였다.

"그래, 그럼."

"예?"

이번엔 브리데커의 숙이고 있던 고개가 튕겨지듯 돌아왔다.

"그러라고."

"그럼 수련 지도를 해 주시겠다는 겁니까?"

"싫어?"

"아, 아닙니다!"

자신이 원해서 찾아온 것인데, 싫을 리가 없었다.

다만 이렇게까지 쉽게 허락해 주리라고는 생각하지 못한 것뿐이다.

"낮에는 그루관의 정식 수련이 있지? 다음 주부터 새벽 5시까지 백은관으로 모여."

"정말 지도해 주시는 겁니까?"

"아, 그렇대도."

"감사합니다! 이 은혜는 절대 잊지 않겠습니……."

"그 대신."

루크는 브리데커의 말을 가로챘다.

"딱 한 달만."

"한 달요……?"

루크 같은 실력자에게 한 달이라도 배울 수 있는 건 분명 다시없는 기회였다.

게다가 듣자 하니 루크는 라이프 마나까지 써서 오크왕을 쓰러뜨리지 않았던가.

몸이 많이 쇠약해져 있을 테니, 수련에 쓸 기력은 없을 것이다.

아쉽기는 해도 어쩔 수 없었다.

"알겠……."

"근데 동기 한 사람 데리고 올 때마다 한 달 더 추가."

"예?"

'이게 무슨 사이비 전도도 아니고, 친구를 데리고 오라고?'

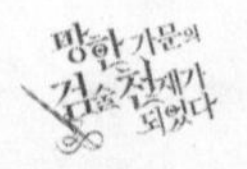

도무지 저 공자의 말을 따라갈 수가 없었다.

"말 그대로야."

"동기를 데려오면 한 달을 더 가르쳐 주신다고요?"

"맞아."

"알겠습니다!"

왜 저런 제안을 하는 건지는 알지 못했지만, 어쨌든 더 오랫동안 지도를 받을 수 있었으니까.

"그렇다고 아무나 다 데리고 오면 안 돼. 하나라도 중도 포기한다면 그 순간 지도는 끝이야."

"그건 걱정하지 마십시오."

브리데커가 자신만만하게 대답했다.

"저래 봬도 다들 혹독한 수련을 한 녀석들입니다. 중도 포기 같은 나약한 모습은 절대 안 보일 겁니다!"

"흐음, 과연 그럴까?"

"예?"

살을 에는 음산한 목소리에 브리데커가 흠칫했다.

뇌에 깊이 잠재된 동물적 본능이 죽음을 감지한 것 같은 느낌이었다.

'그럴 리가 없는데.'

이미 테오에게 슬쩍 들었다.

그의 실력이 최근 부쩍 성장한 이유가 바로 루크의 수련 덕분이라고.

모두가 포기한 망나니 테오를 몇 달 만에 다시 가문의 희망으로 탈바꿈시킨 수련.

자신도 그 수련을 받을 수 있다는 건 분명 반겨야 할 일이었다.

"아무것도 아니야."

싱긋.

루크가 웃어 보였다.

"그, 그럼 저는 데리고 올 녀석들을 모아 보겠습니다."

원인 모를 섬뜩함에 브리데커는 말을 더듬었다.

"얼른 가 봐. 내일부터는 좀 피곤할 테니까."

"예."

브리데커는 끝끝내 불안감을 지우지 못한 채 돌아갔다.

그리고 루크는 브리데커의 뒷모습을 보며 말없이 웃고 있었다.

"이제 세간이 슈넬덴에 더 관심을 가지기 시작했으니, 테오 외에 다른 연막들이 생기는 것도 나쁘지 않겠지."

사실 그게 브리데커와 동기들을 가르치기로 한 근본적인 이유는 아니었다.

테오와 달리 저들의 연막은 그리 짙지 않았다.

기껏해야 엘린 정도만 비슷할 뿐.

그런 연막을 만드느라 품을 들이기엔 할 일이 많았다.

그럼에도 그에게 동기들을 데리고 오라고 한 이유는 하나였다.

그것이 슈넬덴을 부활시키는 데 도움이 될 테니까.

자신의 목적은 단순히 코넬리오에 대한 복수가 아니라, 슈넬덴가의 부활이다.

그리고 가문이 부활하기 위해서는 뛰어난 개인 한둘만으로는 부족했다.

그 뛰어난 개인이 사라지고 나면 결국 슈넬덴은 예전으로 되돌아갈 테니까.

오른쪽 가슴에 설산을 새긴 모두가 대륙에서 이름을 떨칠 때, 비로소 그 가문이 명문이 되었다고 할 수 있었다.

그렇기에 루크는 좀 더 귀찮은 길을 택하기로 한 것이다.

저 아이들이 부활할 슈넬덴의 새로운 초석이 되길 바라는 마음에서.

'그나저나 엘린도 데리고 오려나?'

루크는 휘파람을 불며 소월관으로 돌아갔다.

다음 주까지 백은관에 수련 용품들을 준비해 두려면 좀 더 서둘러야 할 것 같았다.

일주일 후 새벽.

백은관 앞.

"끄아아암-!"

테오가 입이 찌어지라 하품을 하며 나타났다.

요즘 들어 늦잠이 잦았다.

이제 막 뼈대를 잡아 가는 코어의 공명을 느끼다 보면, 어느새 밤이 깊어 버리기 때문이었다.

'대단하단 말이지.'

아직 완전히 형성하지 않은 탓에 루크처럼 명확한 공명은 아니었다.

그럼에도 울림이 일어날 때마다 덩달아 튀어 오르는 마나의 감각은 짜릿했다.

'당분간은 두 번째 코어를 완성시키는 데 집중해야지.'

테오는 그렇게 생각하며 백은관으로 들어섰다.

"응?"

평소 같으면 텅텅 비어 있어야 할 공터가 오늘따라 북적였다.

"진짜 여기서 공자님들의 특별 수련을 받을 수 있단 말이야?"

"과연 어떤 수련을 받게 되려나? 분명 뭔가 엄청난 비법이 있겠지?"

"공자님들께서 하루아침에 달라지신 걸 봐. 아마 혈족들에게만 전해지는 비장의 수련법 같은 게 있겠지."

"그럼 우리도 그분들처럼 성장하려나?"

저마다 이야기를 나누고 있는 이들은 모두 익숙한 얼굴이었다.

"너희 뭐야?"

"아, 일 공자님! 오셨습니까?"

브리데커가 앞으로 나와 인사를 올렸다.

그들은 모두 6연무장의 인원들이었다.

"왜 너희가 여기에 있어?"

"소개가 늦었습니다. 저희도 오늘부터 여기서 새벽 수련을 하기로 했습니다."

브리데커의 눈에선 진한 기대감이 비쳤다.

그 뒤를 보니 다른 녀석들도 마찬가지였다.

"너희도 루크에게 수련을 받는다고?"

"그렇습니다."

"어……."

저 녀석들에게 뭐라고 말을 해 줘야 할까.

아직 늦지 않았으니 지금이라도 도망가라고?

아니면 지옥에 온 걸 환영한다고?

정말 많은 말들이 떠올랐는데, 하나같이 걱정스러운 것뿐이었다.

그러나 그런 말을 해 주기엔 지금 저 녀석들의 표정이 너무나도 밝아 보였다.

앞으로 1시간 후, 여기서 펼쳐질 광경은 전혀 모르는 채.

"그으래……. 그럼 잘해 보자."

"어디 불편한 데라도 있으십니까?"

"아니, 난 괜찮으니까 너네 걱정이나 해."

테오는 고개를 절레절레 저으며 대답했다.

덜컹.

그때 백은관의 문이 열리더니 루크가 나타났다.

'저놈은 대체 언제 자는 거야?'

테오는 루크의 상태를 보고 깜짝 놀랐다.

분명 어젯밤 수련 때, 루크는 테오를 보내 놓고도 더 수련을 했다.

그런데 루크는 자신들보다 한참 전에 도착해 마나 연공까지 마쳐 둔 상태.

아예 저기서 먹고 자는 건 아닐까 하는 생각마저 들었다.

"오, 꽤 많이 모아왔네?"

루크는 놀란 눈으로 브리데커를 보았다.

"6연무장 인원 전원이 다 모였습니다."

브리데커가 자랑스럽게 말했다.

일주일간 일일이 동기들을 설득했으니, 그럴 만도 했다.

그러나 그때까지도 그는 모르고 있었다.

자신이 동기 모두를 지옥의 구렁텅이로 밀어 넣었다는 사실을.

"중도 포기는 없다는 것도 확실히 설명했겠지?"

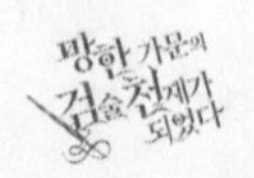

"물론입니다!"

"좋아. 그럼 긴말할 것 없이 바로 새벽 운동 시작하자."

"예!"

6연무장 인원들이 우렁찬 목소리로 대답했다.

그러고는 일사불란하게 허리춤에 찬 수련용 검을 꺼내기 시작했다.

첫날부터 자신들이 군기가 잘 잡혀 있다는 걸 보여 주고 싶었던 모양이다.

"쯧쯧, 역시 착각하고 있네."

테오는 그런 그들을 보며 혀를 찼다.

"잠깐."

아니나 다를까 루크의 섬뜩한 목소리가 들려왔다.

"너희 지금 뭐 하냐?"

"수련 준비하고 있습니다."

"내가 언제 수련이라고 했어?"

"예? 조금 전에……."

브리데커가 기억을 더듬을 필요는 없었다.

그 전에 루크가 먼저 말해 줬으니까.

"수련이 아니라 운동. 새벽 운동이라고. 너희들은 아직 수련할 준비가 덜 됐어."

"아, 그렇군요. 운동이라고 하시면……."

루크는 대답을 하는 대신에 턱 끝으로 방향을 가리켰다.

브리데커의 시선이 옮겨갔다.

그곳에는 생전 처음 보는 도구들이 모여 있었다.

커다란 쇠막대., 기 별로 놓여 있는 쇳덩이, 그리고 그 용도를 알아보기 힘든 각종 기구들까지.

대체 저것들이 다 어디에 쓰이는 것인지 가늠도 되지 않았다.

"이게 다 뭡니까……?"

"뭐긴. 즐거운 새벽 운동을 위한 도구들이지."

루크는 그렇게 대답하고는 테오 쪽을 보았다.

"형이 조교 좀 해 줄래?"

"내가?"

갑자기 조교라는 말에 테오가 당황했다.

"괜찮아. 그냥 내가 하던 구령만 넣어 주면 돼."

"구령이면……."

테오의 머릿속에 뭔가 스쳐 지나갔다.

그의 눈이 가늘게 휘어졌다.

그러고는 티 없이 맑은 미소로 대답했다.

"재밌겠네."

❦

백은관 앞 공터에는 기묘한 광경이 펼쳐졌다.

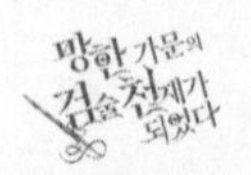

시커먼 남자 20여 명이 쇳덩이를 가득 끼운 막대를 들고 앉았다 일어서기를 반복하고 있었다.

"마지막으로 하나 더!"

"끄어어어."

"진짜로 하나만 더!"

"끄ㅇㅇㅇㅇ."

"좋다. 하나만 더!"

수련생들의 얼굴이 썩어 들어갔다.

도대체 저놈의 '하나만 더'를 몇 번이나 해야 끝나는 걸까.

어떤 수련생은 스물여덟 번째 '하나만 더'를 세다가 아예 포기해 버렸다.

"진짜 마지막으로 하나만 더! 스쿼트!"

테오가 구령을 외치자 원망의 시선이 우수수 꽂혔다.

그러나 테오는 오히려 그 시선을 즐겼다.

'루크가 왜 '하나만 더'를 그렇게 외쳤는지 알겠네.'

사실 이 '하나만 더'의 끝은 결국 누군가 한계에 달해 바를 떨어뜨릴 때까지 이어진다.

그러나 그걸 알 리가 없는 수련생들 입장에서는 끝없는 지옥의 연속일 것이다.

'그래, 너희들도 한번 당해 봐라.'

테오의 눈이 슬슬 광기에 물들고 있었다.

'어쩜 다들 저렇게 똑같을까.'

한편 옆에서 지켜보고 있던 루크는 그런 테오를 보며 웃었다.

예전부터 백은관 출신 녀석들은 다른 사람을 가르칠 때면 저렇게 신이 나서 수련생들을 굴렸다.

—너희도 한번 당해 봐라!

항상 그런 말을 중얼거리면서 말이다.

그렇다고 불만이 있는 건 아니었다.

수련이란 자고로 끊임없이 한계를 두드려 그 벽을 뛰어넘는 것이었으니까.

그런 의미에서 지금 저들을 보라.

모두가 슈넬덴의 부활만을 생각하며 자신의 한계를 두드리고 있지 않은가.

'아닌가?'

"살려 주세요. 제발 살려 주세요."

"오른쪽으로 도망칠까? 왼쪽으로 도망칠까? 그냥 여기서 봉에 깔려 죽을까?"

쇠봉을 든 채 실성한 녀석들을 보니 아닌 것 같기도 했다.

'대부분이 그런 거란 말이지?'

루크는 다른 곳으로 시선을 돌리며 애써 그들을 무시했다.

'오, 저 녀석은?'

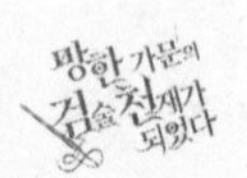

그러다 그 속에서 엘린을 찾아냈다.

"크으윽."

본인에게는 꽤 무거운 무게일 텐데, 엘린은 이를 꽉 깨물며 어떻게든 일어나고 있었다.

그를 관찰하던 루크의 눈에 이채가 서렸다.

자세히 들여다보니 녀석의 마나는 이미 한계점에 이른 상태.

그럼에도 녀석은 여전히 구령에 맞춰 동작을 수행하고 있었다.

오로지 정신력만으로.

'못 보던 사이에 꽤 독해졌네.'

설산에서 돌아온 이후 엘린이 따로 자신을 찾지 않길래 내심 녀석을 포기하고 있었다.

그런데 저렇게 독기를 품은 눈을 하고 있을 줄이야.

'저 정도면 충분하겠어.'

아무래도 남은 엘릭서 한 병을 누구에게 줘야 할지 결정된 것 같았다.

"으어……."

"살려…… 줘."

"다리가 안 움직여."

백은관 앞에는 오랜만에 좀비 떼가 출몰했다.

예전에는 테오 한 명이었다면, 오늘은 20여 명가량이나 되었다.

루크는 흡족한 얼굴로 그 좀비들을 지켜봤다.

저 모습이야말로 운동이 잘됐다는 말이 아니겠는가.

운동이 끝난 후에 저렇게 되지 않으면 그건 운동이라고 할 수 없었다.

"으으으……."

유독 어기적어기적 걸어가는 녀석이 눈에 들어왔다.

눈에 띄는 주황색 머리.

바로 엘린이었다.

그는 순식간에 엘린의 뒤쪽으로 다가갔다.

"엘린."

"히익!"

엘린은 깜짝 놀라며 루크를 쳐다봤다.

눈이 찢어질 것처럼 커진 것이 꼭 겁에 질린 토끼를 연상시켰다.

독기에 찬 눈은 이미 사라진 지 오래였다.

"오버하지 마. 나 오는 거 이미 알고 있었잖아."

"그렇긴 한데……."

'그래도 무서운 건 무서운 겁니다.'

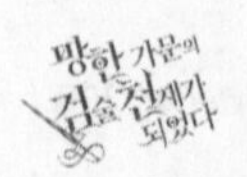

엘린은 뒷말은 잇지 못했다.

그에게 루크는 슈넬덴에서 가장 무서운 사람이었기 때문이다.

이유가 뭐냐고?

정확히 알 수는 없었지만, 그의 감이 그렇게 말하고 있었다.

"어찌 그러십니까?"

"너, 왜 날 안 찾아왔어?"

"그, 그건."

"검을 다시 들기 싫어진 거야?"

"아닙니다! 검은 꼭 들고 싶어요."

"그러면?"

"……아직 자격이 되지 않는 것 같아서요."

엘린이 기어들어 가는 목소리로 말했다.

"자격?"

"제가 많이 나약하지 않습니까. 그 상태로는 공자님께 가르침을 받는다고 하더라도, 금방 나가떨어질 게 분명했죠."

"음, 그건 그렇지."

자신도 엘린이 찾아온다면 그 독기를 키워 주기 위한 과정을 진행하려 했으니까.

"그래서 스스로 단련하고 있었다?"

"그렇습니다."

"지금은 준비가 됐고?"

"아뇨, 아직 먼 것 같습니다."

엘린의 눈이 축 처졌다.

그러나 루크는 실망하지 않았다.

그 눈 속에 있는 날카로운 빛만큼은 여전했으니까.

"그런데 적어도 이 악물고 버티는 것까지는 할 수 있을 것 같습니다."

"그래? 그럼 이 악물고 버텼으니까 그에 맞는 보상을 줘야겠군."

"아닙니다. 가르쳐 주시는 것만으로도 감사한데 무슨 보상까지나."

"마나 연공은 할 줄 알지?"

루크는 품에서 작은 병 하나를 꺼내더니 엘린에게 건넸다.

"이게 뭡니까?"

"귀한 거야. 다른 사람 몰래 먹어."

"서, 설마 이건 엘릭…… 읍!"

루크가 다급하게 엘린의 입을 막았다.

"너만 따로 챙겨 준다고 광고를 해라, 아주."

"죄송합니다. 그런데 이걸 제게 주셔도 되나요? 진짜 귀한 건데."

"됐어. 가서 잘 흡수하기나 해. 슈넬덴의 기초 연공법만으로도 충분할 거야."

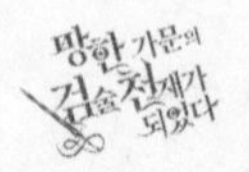

"네! 그럼 잘 쓰겠습니다."

엘린은 엘릭서를 꼭 품고선 돌아갔다.

묘하게 방방 뛰는 발걸음을 보니 녀석도 꽤 신난 모양이었다.

루크는 그 모습을 흐뭇하게 바라봤다.

'이제 땅 고르기가 끝난 건가?'

설산의 망루를 대거 수복했고, 슈넬덴의 반석이 되어 줄 녀석들을 키우기 시작했다.

이제야 슈넬덴이라는 숲을 키우기 위한 땅 고르기가 끝난 것이다.

'생각보다는 빨랐어.'

워낙 큰 작업인 데다가 황무지에서 시작하는 것이다 보니, 당초에는 2년은 족히 걸릴 것으로 생각했다.

그러나 여기까지 오는 데 걸린 시간은 1년이 채 되지 않았다.

노력과 운이 적절히 조합된 결과였다.

그러나 루크는 거기에 만족하지 않았다.

이건 말 그대로 숲을 키우기 위한 땅 고르기가 끝난 것일 뿐.

숲을 가꾸기 위해서는 아직 해야 할 일이 산더미처럼 쌓여 있었다.

게다가 땅이 잘 골라졌으니, 이를 탐내는 녀석들이 분명 등장할 터.

이제부터는 슬슬 주변에서 견제를 시작할 것이다.

만약 그 견제를 잘 막아 내지 못한다면, 애써 골라 놓은 땅을 다른 녀석들에게 빼앗기게 되고 슈넬덴은 다시 원래대로 돌아가게 되겠지.

아니, 이번에는 아예 살아날 수도 짓밟혀 버릴 수도 있었다.

'그러니까 지금부터 더 정신 차려야 해.'

루크는 마음을 다잡았다.

그렇다고 겁을 먹은 건 아니었다.

그저 지금껏 해 온 것처럼 차근차근 나아간다면, 결국 슈넬덴이라는 숲은 다시 우거져 있을 테니까.

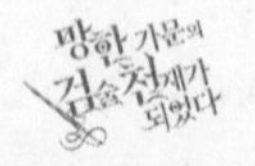

Chapter 5

슈넬덴가 본관.

율리안은 늘 그렇듯 이른 아침부터 여러 보고를 받고 있었다.

설산 오크들의 후속 동향.

비스크 영지의 늘어난 인구.

추가된 상로에 대한 치안 유지.

북방 가문들의 움직임.

최근 교체된 코넬리오 지원단의 북부 지부장까지.

슈넬덴의 위세가 커질 때마다 처리해야 할 일은 제곱으로 많아지는 것 같았다.

이러다간 기사가 아니라 행정관이 되는 건 아닐까 하는 생각마저 들 정도였다.

그러나 아무리 바쁘더라도 그가 절대 빼먹지 않는 보고가 있었다.

"백은관에 대한 소식도 있습니다."

"그래, 무엇인가?"

라히츠가 나서자 율리안의 눈이 반짝 빛났다.

루크와 테오에 대한 소식을 들을 수 있기 때문이다.

"최근 6연무장의 기사들이 백은관에서 새벽 수련을 하고 있습니다."

율리안은 호기심이 동했다.

6연무장의 기사들이라면, 두 아들과 함께 설산에서 한 조를 이룬 이들이었다.

그런 그들이 어째서 그곳에서 수련을 받고 있는 걸까.

"두 도련님 직접 그들을 수련시키고 있습니다."

"혹 그들이 강제로 끌려간 것인가?"

"그런 건 아닌 것 같습니다. 듣자 하니 기장이 모두를 설득했다고 합니다."

"오호."

브리데커가 어떤 기사인지에 대해서는 이미 들어서 알고 있었다.

딱 라히츠와 비슷한 과였다.

실력도 실력이지만, 강자존이라는 슈넬덴의 정신을 뼛속

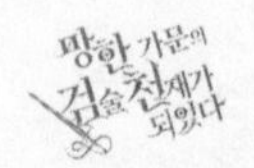

깊이 새기고 있는 기사.

저번 대련을 6연무장에 맡긴 것도 그런 브리데커가 있었기 때문이었다.

그런데 그 브리데커가 직접 조원들을 설득해 백은관으로 갔다?

분명 그도 설산에서 무언가를 본 게 틀림없었다.

'과연 그는 루크에게서 무엇을 봤을까?'

아마 자신이 루크에게서 봤던 기운보다 더 확실한 것을 봤을 테지.

어쨌든 그들도 루크에게 수련을 받는다는 건 반길 만한 일이었다.

그들은 두 아들이 이끌어갈 슈넬덴을 지지해 줄 반석이 될 자들이었다.

그 반석이 강해질수록 미래의 슈넬덴은 더욱 견고해질 것이다.

루크도 그걸 알고 있으니, 그들을 키우기로 한 것이리라.

'참으로 똑똑한 아이로고.'

그렇게 율리안이 한참 슈넬덴의 미래를 그려가고 있을 때였다.

"헌데 걸리는 점이 하나 있습니다."

라히츠가 조심스럽게 말했다.

"걸리는 점? 무엇인가?"

"최근 테오 도련님의 마나가 더 이상 늘지 않고 있습니다."

마나가 늘어나는 것은 곧 강해진다는 것의 가장 직관적인 증거였다.

그런데 하루가 다르게 폭증하던 테오의 마나가 요즘 들어선 성장세가 꺾여 버렸다.

원래 테오보다 느리게 늘던 루크의 성장 속도와 비슷해진 느낌이었다.

"혹 그들을 가르치는 데 너무 신경 쓴 나머지 정작 본인 것을 챙기지 못하는 것은 아닐까 걱정됩니다."

그것이야말로 주객이 전도된 상태였다.

만약 그게 사실이라면 라히츠는 당장 백은관에서의 수련을 중단시킬 생각도 있었다.

그러나 율리안의 의견은 다른 모양이었다.

"자네가 가장 잘 알 테지. 자네가 보기엔 테오의 수련량이 줄어든 것 같던가?"

"그건 아닙니다."

"그렇다면 걱정하지 않아도 될 것 같네."

율리안은 부드러운 미소를 그렸다.

"테오의 가슴 속에는 강함에 대한 열망이 있네. 그리고 그 옆엔 루크가 있지 않은가."

가문을 이끌어 갈 희망의 성장세가 둔화되었다는데, 너무

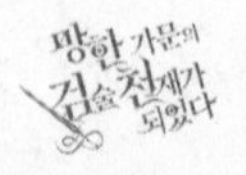

태평한 대답처럼 들릴 수도 있었다.

아마 예전의 라히츠였다면 분명 그렇게 생각했을 것이다.

그러나 지금은 조금 달랐다.

그 역시 이번 설산에서의 일로 루크에 대한 시선이 완전히 달라졌기 때문.

가문을 위해 자신의 생명까지 거는 루크인데 무엇을 의심하겠는가.

"알겠습니다."

지금으로써는 가주의 말대로 루크를 좀 더 믿어 봐도 괜찮을 것 같았다.

3개월 후, 노던 관청.

베르너는 초조한 표정으로 연락 수정구를 향해 보고를 하고 있었다.

"마지막으로 최근 데버린 지방에서 기승을 부리는 도적단에 대해 슈넬덴이 개입하려 하는 것 같소."

[…….]

정기 보고가 끝났음에도 반대편에서는 아무런 대답도 없었다.

그러나 미세하게 흘러나오는 침음성은 상대방의 불편한

심기를 그대로 전해 줬다.

[그게 전부요?]

"그렇소."

[흐음, 내 솔직하게 말해도 되겠소?]

"얼마든지."

[요즘 샤룬의 정보는 우리 코넬리오에 그리 득이 되는 게 없는 것 같소만. 그대는 어떻게 생각하시오?]

베르너는 들리지 않게 한숨을 내쉬었다.

결국 저 말이 나오고야 말았다.

그렇다고 맞장구를 치고 있을 수는 없는 노릇.

"허허, 아무래도 망루 확보 이후로 슈넬덴이 워낙 조용하다 보니, 일상적인 정보밖에 없는 것 같소."

[이보시오, 가주. 내가 그것보고 하는 소리가 아닌 걸 정말 모르시오?]

코넬리오의 새로운 북부지부장, 로이드.

그는 모튼처럼 호락호락한 녀석이 아니었다.

[우리가 고작 슈넬덴의 일상 소식이나 듣자고 당신들을 지원하는 게 아니오. 좀 더 중요한 정보나 직접적인 개입을 원하지.]

"나도 알고 있소."

[그걸 안다면 어째서 슈넬덴은 자꾸만 세력을 넓혀 나가는데 샤룬은 가만히 보고만 있는 것이오?]

"그깟 영지 좀 얻고, 소상인들과 거래 좀 텄기로서니. 샤

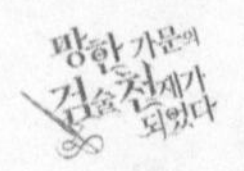

룬에게 빌려 간 돈이 얼만데! 결국 그들이 샤룬의 영향권에서 벗어나는 건 불가능하니 걱정하지 마시오."

베르너는 미리 준비했던 대답을 꺼내 놓았다.

그러나 그걸로 상대를 만족시킬 수는 없었다.

[그 빚들도 전부 과거의 것이 아니오? 중요한 건 현재의 움직임이오.]

수정구 너머로 비웃는 소리가 그대로 전해졌다.

[우리는 현재가 불안한 가문에게 투자하고 싶은 생각은 없소.]

"그건……."

[그러고 보니 라바흐가의 상납금이 늘었던 것 같던데? 아무튼 샤룬도 우리와 함께할 만한 현. 재. 의. 성과를 보여 주길 기대하겠소.]

뚝.

베르너가 무슨 대답을 하기도 전에 상대 쪽에서 통신을 끊어 버렸다.

그는 그제야 한숨을 푹 내쉬었다.

"이거 큰일이군."

날이 갈수록 저들의 의심이 커져만 갔다.

그도 그럴 것이 최근 슈넬덴의 위세는 눈에 띄게 커졌다.

비스크 영지를 시작으로 코넬리오로부터의 독립, 망루 확보, 여러 상단과의 교류 재개 등.

아무리 연막을 친다고 한들, 그 거대한 변화를 모두 숨길 수는 없지 않겠는가.

뭔가 구체적인 성과를 내놓지 않은 이상 저 녀석들은 의심을 풀지 않을 것이다.

저렇게 대놓고 라바흐의 이름을 언급한 것도, 당장이라도 대체자를 찾을 수 있음을 강조한 것일 터.

'코넬리오가 없으면 당장 추심할 수 있는 돈이 줄어들 텐데.'

샤룬이 이렇게 마음 놓고 타 가문들에서 돈을 걷을 수 있는 이유는 오직 코넬리오라는 후광 때문이었다.

만약 그게 없다면 200년 전의 차용증에 대해 순순히 돈을 낼 가문이 몇이나 되겠는가?

만약 그들로부터 제때 돈을 걷지 못한다면?

결국 계약에 따라 샤룬이 210억 골드를 당장 토해 내야만 한다.

그거야말로 멸문의 길.

어떻게든 그것만은 막아야 했다.

'상황이 이런데 그자는 연락도 없고.'

슈넬덴의 복면을 직접 만난 지도 벌써 오래전이었다.

그 후로부터 쭉 오르겐 상단과 접촉해 왔으니.

이 일에 대해서 연락을 취하려 해도 소식이 없었다.

오르겐 단주의 말로는 폐관 수련에 들어갔다고 하던데, 그도 따로 연락은 못 하고 있는 상태라고 했다.

코넬리오는 슬슬 압박해 오고 있고, 슈넬덴은 연락이 두절

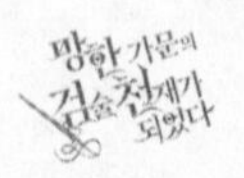

됐으며, 한쪽에서는 라바흐가 꿈틀거리고 있었다.

"후우, 머리가 터질 것 같군."

베르너가 머리를 쥐어뜯고 있을 때였다.

"걱정이 많아 보이네."

"히익!"

바로 등 뒤에서 들려온 목소리에 베르너가 깜짝 놀랐다.

그와 동시에 안도의 한숨도 함께 들었다.

이렇게 귀신처럼 자신의 방에 나타날 사람은 단 한 명밖에 없었으니까.

"오랜만이군. 이번에는 언제부터 와 있었는가?"

"네가 수정구에 보고할 때부터? 바빠 보여서 안 건드렸어."

"……."

베르너는 뒷목이 서늘해졌다.

만약 자신이 수정구에 대고 허튼소리라도 했다면?

그 자리에서 목이 날아갔을지도 몰랐다.

꿀꺽.

그렇게 생각하니 침이 저절로 삼켜졌다.

"그, 그래, 한동안 연락도 없더니 여긴 무슨 일인가?"

"내일이 상납일이잖아. 그냥 하루 먼저 왔어. 줄 것도 있어서 겸사겸사."

루크는 품에서 웬 서류 한 장을 꺼냈다.

"그게 뭔가?"

베르너는 눈을 가늘게 뜨고 그 서류를 보았다.

글씨가 워낙 깨알같이 적혀 있어서 한눈에 들어오지는 않았다.

그러나 제목만큼은 확실하게 보였다.

"차용증?"

"맞아, 차용증."

"무슨 차용증인가? 설마 샤룬이 슈넬덴에 빌린 돈이 더 남아 있는 건 아니겠지?"

'감이 좋은 녀석이네.'

루크는 괜히 속으로 뜨끔했다.

설마 차용증이 하나 더 있다는 걸 알고서 한 말은 아닐 것이다.

"크흠, 이건 슈넬덴이 샤룬에게 돈을 빌렸다는 차용증이야."

"그렇군. 슈넬덴이 샤룬에게 돈을 빌렸다는……. 뭐?"

베르너는 이해가 가지 않았다.

갑자기 슈넬덴이 샤룬에 돈을 빌리다니.

그는 눈을 비비고 다시 한번 차용증을 보았다.

[차용 증서]

채권자 : 샤룬가.

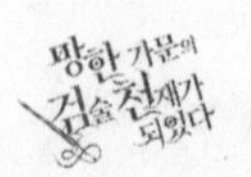

채무자 : 슈넬덴가

샤룬가는 슈넬덴가로부터 205년 3월 15일에 금 10만 골드를 금리 56%로 빌린 사실이 있다.

5년 내 원리금을 갚지 못할 시, 그 이후부턴 복리 56%로 계산하여 상환하기로 한다.

……(하략)……

맨 밑에는 슈넬덴 가주의 인장까지 찍힌 진짜배기 차용증이 맞았다.

게다가 이자율 56%에다 복리라니.

누가 보더라도 악덕 사채업자가 쓴 차용증 같았다.

그런데 갑자기 왜 이런 차용증을 만들어 온 것일까?

"요즘 코넬리오에서 성과를 내놓으라고 시달리고 있다며."

"그렇긴 하지."

"이걸 그놈들에게 보여 주면서 말해. 슈넬덴이 무리하게 확장을 하다 결국 버티기 어려워 돈을 빌렸다고."

"아!"

베르너는 손뼉을 짝 쳤다.

분명 저건 로이드 코넬리오가 말했던 '현재의 성과'였다.

저걸 보여 준다면 한동안 코넬리오의 의심을 피할 수 있을 것이다.

'그런데 어떻게 저자는 저런 걸 가지고 있는 거지?'

차용증 맨 밑에 슈넬덴 가주의 인장이 찍힌 것을 보라.

저건 단순히 위조한 차용증이 아니었다.

그러자 궁금증이 생겼다.

도대체 저자는 누구인데 슈넬덴가의 인장을 저렇게 마음대로 사용하는 것일까.

가장 가능성이 높은 건 율리안 본인이었지만, 절대 아니라고 확신할 수 있었다.

그동안 율리안을 얼마나 오래 봐 왔는데, 아마 얼굴을 가렸더라도 바로 알아봤을 것이다.

'모르긴 몰라도 장로급 또는 수석 기사는 되겠지.'

가주의 인장까지 마음대로 쓰려면 분명 그 정도 위치에는 있는 인물이리라.

그러나 그는 간과하고 있었다.

슈넬덴에는 가주 외에도 인장을 마음대로 쓸 수 있는 사람이 있다는 것을.

"어쨌든 이걸 코넬리오에게 보여 준 후에 오르겐에 다시 돌려주면 돼."

"알겠네. 알겠어."

베르너는 몇 번이고 고개를 끄덕였다.

'역시 슈넬덴을 선택한 게 맞았어.'

저자는 엄청난 실력을 가졌으면서도 동시에 치밀한 작전을 구상할 수 있었다.

저런 인물이 슈넬덴을 이끈다면 앞으로 슈넬덴의 잠재력은 더욱 폭발하겠지.

그제야 베르너의 표정이 가벼워졌다.

그리고 복면 속 루크의 표정도 함께 밝아졌다.

'이걸로 시간을 좀 더 벌 수 있겠지.'

아무리 코넬리오가 브리든과 신경전을 벌이고 있다고 해도, 그들이 북부에 조금이라도 견제를 한다면 슈넬덴은 큰 피해를 볼 것이다.

그러니 아직 슈넬덴에게는 시간이 더 필요했다.

코넬리오의 견제에 흔들리지 않을 만큼 성장할 시간이.

그리고 베르너는 저걸 가지고 충분히 시간을 벌어 줄 수 있는 녀석이었다.

그가 눈을 가려 주는 동안 슈넬덴은 더욱더 성장할 것이다.

백은관에서 6연무장 기사들과 함께 운동한 지도 석 달이 지났다.

슈넬덴 사람들은 그들을 보고 '테오 사단'이라고 불렀다.

갑자기 왜 '테오 사단'이냐고?

가문 사람들은 그들의 합동 수련이 테오의 주도로 이루어지고 있는 줄 알았기 때문이다.

물론 그 소문의 주범 역시 루크였지만.

어쨌든 백은관 앞에선 하루도 빠짐없이 테오 사단의 기합 소리가 들려왔다.

그건 오늘도 마찬가지였다.

"마지막!"

"으랴아아압!"

"오케이!"

쿠당탕.

브리데커는 쇠막대를 바닥에 내팽개쳤다.

그의 얼굴은 핏기가 잔뜩 몰려 시뻘게져 있었다.

비단 브리데커 뿐만 아니었다.

테오 사단 전원.

심지어 엘린까지도 거친 숨을 토해 내며 바벨을 들어 올리고 있었다.

다들 힘에 부쳐 보이긴 해도 몇 달 전에 비해 자세가 훨씬 안정적이었다.

그들의 몸과 눈빛도 석 달 전과는 많이 달라져 있었다.

몸에 자리 잡은 탄탄한 근육.

근성이 뚝뚝 묻어나는 독기 서린 눈빛.

이제 좀 기사다운 느낌이 물씬 느껴졌다.

하긴 매일같이 단내가 날 때까지 운동해 댔는데, 이 정도

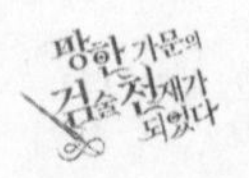

변화는 당연한 것이다.

"오늘 운동은 여기서 끝."

테오 사단의 실질적인 리더, 루크가 말했다.

"벌써 끝이라고요?"

"공자님, 저희 운동 더 할 수 있습니다!"

"그럼요. 보십쇼, 아직 힘도 이렇게 남아 있지 않습니까?"

그들은 거의 빌다시피 말했다.

운동을 너무 좋아해서 그러는 게 아니었다.

이렇게 운동이 빨리 끝냈다면 그 이후에 이어질 건 뻔했기 때문이다.

"그럼 잘됐네. 그 힘 잘 아껴 뒀다가 대련할 때 써."

루크가 방긋 웃었다.

테오 사단은 절망에 빠졌다.

말이 대련이지, 그건 일방적인 폭행에 가까웠으니까.

오죽하면 루크와 대련을 할 바엔 차라리 운동을 2시간 더 하는 게 낫다는 말이 있을 정도였다.

"저, 이 공자님!"

그때 한 녀석이 손을 들었다.

"뭐지?"

"저는 좀 이따가 방벽 근무가 있습니다."

"저도 같은 근무입니다."

"아, 생각해 보니까 저도 곧 호위 임무를……."

그러자 우후죽순 손들이 올라오기 시작했다.

루크는 여전히 웃음기 띈 얼굴로 그들을 훑어보았다.

"그럼 너희부터 하면 되겠다. 금방 끝나니까 걱정하지 마."

"아……."

잠깐이나마 희망에 찼던 녀석들이 좌절했다.

"운동으로만 만든 근력은 아무짝에도 쓸모없다고 했잖아. 실전에 그 힘을 쓸 줄 알아야지. 잔말 말고 빨리 줄 서."

"알겠습니다."

테오 사단은 도살장에 끌려가는 소의 얼굴을 한 채 한 쪽에 줄을 섰다.

잠시 후.

백은관 너머로는 시원한 타격음과 비명이 울려 퍼졌다.

"다음."

루크의 뒤로는 뻗어 버린 테오 사단이 보였다.

그 사이엔 엔이나 브리데커도 있었다.

정작 루크는 땀 한 방울 흘리지 않은 채로 다음 상대를 찾았다.

"저, 접니다."

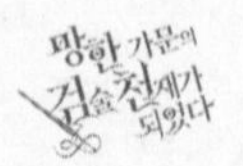

엘린이 몸을 움츠리며 앞으로 나왔다.
“아, 엘린 넌 대련 상대를 바꾸자.”
“네?”
엘린이 토끼 눈을 했다.
루크는 테오 쪽을 쳐다봤다.
“엘린은 형이 상대해.”
“내가?”
테오도 놀라기는 마찬가지였다.
“응, 둘이서 하는 게 서로한테 더 도움이 될 것 같아서.”
“알겠어.”
다름 아닌 루크의 말이었기에, 테오는 금방 수긍했다.
테오 쪽에서 그렇게 나오니 엘린도 어쩔 수 없이 앞으로 나왔다.
“뭔 일 있으면 내가 막아 줄 테니까 마음 놓고 싸워.”
“네.”
“알겠어.”
“그럼 시작.”
루크가 살짝 뒤로 빠졌다.
목검을 들어 올린 테오가 엘린을 쳐다보았다.
‘저 녀석이 상대라니 잘됐네.’
테오는 요즘 엘린이 신경 쓰였다.
루크가 테오 사단 중에서도 엘린을 특히 신경 쓰고 있었기 때문이다.

수련 시간 외에 별도로 특별 개인 수련을 시켜 주질 않나, 듣자 하니 자신에게 줬던 그 엘릭서를 녀석에게도 줬다고 했다.

'안 그래도 요즘 저 녀석 마음에 안 들었는데.'

테오는 시기 어린 눈으로 엘린을 째려봤다.

그건 마치 막냇동생이 생긴 후, 부모님의 관심이 막내에게 쏠리는 걸 시샘하는 맏이처럼 보였다.

그리고 그 미운 동생에게 합법적으로 분풀이를 할 수 있는 기회가 지금 생겼다.

"난 대련이라고 해서 안 봐주는 거 알지?"

"네……."

엘린이 자신감 없는 목소리로 대답했다.

그러고는 자세를 잡았다.

구멍이 숭숭 뚫린 듯한 허술한 자세.

테오의 눈에 공략할 곳이 대여섯 군데는 들어왔다.

빈틈을 잡아냈을 때는 선공을 하는 것이 필승법.

"이야아압!"

테오가 먼저 움직였다.

천설검의 시초가 엘린의 빈틈을 향해 날아들었다.

부지불식간에 검은 엘린의 눈앞까지 다가왔다.

그러나 그때까지도 엘린은 미동도 하지 않았다.

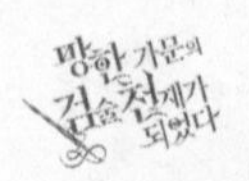

이제 와서 피하려고 한들, 이 거리라면 이미 늦었으리라.
그때 엘린의 검이 움직였다.
콰악!
둘의 검이 투박한 소리를 내며 튕겨 나갔다.
엘린의 검이 테오의 검초를 따라잡은 것이다.
'뭐야, 이 자식?'
테오는 자세를 추스르며 눈가를 찌푸렸다.
분명 시선이 따라오는 건 늦었다.
그럼 보지도 않고 자신의 공격을 정확하게 막았다는 의미.
'우연이었겠지.'
테오가 다시 한번 땅을 박찼다.
천설검의 초식이 물 흐르듯 이어졌다.
하나하나가 상대의 빈틈을 노리는 날카로운 공격이었다.
콱!
콰가각.
그러나 엘린은 수없이 쏟아지는 공초를 모조리 막아 냈다.
대체 어떻게 막고 있는 걸까?
분명 반응이 늦어도 한참 늦었다.
그런데 이상하게도 모든 공격이 상대의 검에 막혔다.
상황만 놓고 보면 루크와 붙었을 때와 비슷했다.
그러나 루크와는 또 다른 느낌이었다.
루크는 길을 미리 알고서 막는 거라면, 이 녀석은 길을 빠르게 읽어서 검을 막는 것 같았다.

'내가 고작 이런 녀석도 못 이길 리가 없잖아.'

설산에 다녀온 이후로 훈련에 더더욱 매진했었다.

그곳에서 루크와의 극명한 차이를 체감하고 왔으니까.

그런데 이렇게 허술한 녀석조차 이기지 못해서야, 어느 세월에 루크를 따라잡을 수 있겠는가.

그렇게 생각하자 조급함이 슬슬 샘솟았다.

으득.

테오가 이를 꽉 깨물었다.

우웅.

어느새 거의 형태를 갖춘 두 개의 코어가 공명했다.

공명에 맞춰 마나가 증폭하기 시작했다.

탕!

테오가 엘린을 향해 쏘아졌다.

눈으로 좇기도 어려운 속력.

그 속력은 오롯이 그의 검 끝에 집중됐다.

목검을 내지른 거라고 하기엔 믿을 수 없을 정도로 날카로운 소리가 들려왔다.

"으악!"

그 위협적인 검에 엘린은 그만 눈을 꽉 감을 뻔했다.

그러나 그는 감기는 눈을 억지로 떴다.

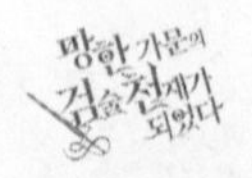

—신검합일 상태 때 너를 잃지 않기 위해선 어느 순간이 든 눈을 뜨고 있어야 해.

루크가 해 준 말이 떠올랐기 때문이다.

콰가각!

그리고 가까스로 테오의 공격을 따라갔다.

심지어 그 와중에 어설프게나마 반격까지 해냈다.

속도와 힘만 부족하지 않았다면, 충분히 닿았을 만한 반격.

그 공격이 테오를 더욱 조급하게 만들었다.

'이 새끼가!'

테오가 높게 뛰어올랐다.

높게 치솟은 목검에선 검광이 비치는 것 같았다.

혼신의 힘을 담은 일격.

이것만큼은 절대 막아 내지 못할 것이다.

설령 검이 따라온다 하더라도, 그 검과 함께 상대를 베어 버릴 테니까.

'천설검 변초, 폭설.'

테오는 그렇게 확신하며 검을 내리쳤다.

하지만 그 순간, 누군가 둘 사이로 파고들었다.

쩌엉!

폭음과 함께 세찬 바람이 터져 나왔다.

그러나 역설적으로 폭심지는 너무나 고요했다.

"어?"

테오는 공중에서 그대로 멈춘 것처럼 보였다.

그를 멈춰 세운 이는 당연하게도 루크였다.

"진정해. 아직 얘가 그것까지는 못 막아 내."

루크가 천천히 검을 내렸다.

그에 따라 테오도 바닥으로 내려왔다.

"후우, 후우……!"

테오는 꽤 무리한 탓에 숨이 가빠 보였다.

숨을 몰아쉴수록 점점 이성도 되찾아졌다.

"내가 너무 흥분했지?"

"잘 아네. 내가 흐름을 잃지 말라고 했잖아. 도대체 어디로 들어 먹은 거야?"

루크의 질타에 테오가 시무룩해졌다.

"그래도 실력이 많이 늘긴 했더라. 공명도 제대로 하고."

"그래?"

그 말에 테오의 표정이 확 바뀌었다.

적어도 방향은 틀리지 않았다는 말이었으니까.

루크는 그런 테오를 지나쳐 엘린 쪽으로 고개를 돌렸다.

"너도 꽤 늘었던데?"

"저는 계속 밀리기만 했던걸요."

"적어도 눈은 안 감았잖아."

루크는 엘린의 어깨를 툭 쳤다.

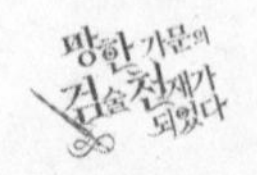

"만약 눈 감았으면 그냥 처맞게 됐을 거야."

"……."

엘린은 몸을 부르르 떨었다.

저렇게 살벌한 소리를 아무렇지 않게 하다니.

사실 진짜 망나니는 테오가 아니라 루크라는 말이 괜히 나온 게 아니었다.

"계속 그렇게만 해."

루크는 엘린에게도 빙긋 웃어 주고는 다시 몸을 돌렸다.

테오 사단은 모두 넋을 잃은 채로 이쪽을 보고 있었다.

저들도 그동안 성장했으니 보일 것이다.

테오와 엘린의 대결이 얼마나 대단했었는지.

"자, 그럼 다음 대련 준비할까?"

루크가 손뼉을 치며 말했다.

"예, 예?"

"아직 대련할 사람 남았잖아."

"그건 그런데……."

"잔말 말고 빨리 튀어나와. 먼저 나올수록 덜 맞는다."

그러자 놀랍게도 앞다퉈 지원자가 나왔다.

"아니다, 시간도 없는데. 그냥 한꺼번에 하자."

"에엑!"

"이게 다 수련을 위한 거야. 너희가 도와 달라고 했잖아."

그들이 뭐라고 하기도 전에 루크가 달려들었다.

그 지옥도가 끝난 것은 그로부터 한참 후였다.

슈넬덴 본가 정문.

"확인되었소."

빈이 뒤쪽에 있던 문지기에게 손짓하자, 그가 문을 열어 주었다.

그 사이로 마차 여러 대가 지나갔다.

슈넬덴이 주문한 자재를 싣고 있는 마차였다.

"이제 오늘 예정된 상단은 다 온 건가?"

"아니, 아직 우프스 상단이 남았어. 원래는 어제 오기로 했는데, 시간이 미뤄졌다는군."

"상단을 그렇게 많이 받았는데 또 있다고? 슈넬덴 경비가 언제부터 이렇게 바빴대?"

빈이 볼멘소리를 했다.

오늘만 해도 벌써 상단 세 개가 지나갔다.

그때마다 마차에 든 물건들을 일일이 검수하느라 눈이 빠질 것 같았다.

"그래도 이게 다 가문의 형편이 좋아졌다는 의미잖아."

"그건 그렇지."

투덜대던 빈의 표정에도 자부심이 깃들었다.

지금껏 경비라고 하면 문 앞에 서서 의미 없이 시간을 흘려보내는 것이 전부였다.

이 다 쓰러져 가는 가문에 들를 사람이 있을 리가 없었으니까.

그러나 이제는 달라졌다.

하루가 멀다고 상단들이 슈넬덴가를 찾았다.

이제야 오른쪽 가슴에 새겨져 있는 슈넬덴의 문양이 부끄럽지 않은 것 같았다.

"그건 그렇다고 해도, 앞으로 가문을 찾는 사람들이 많아질 텐데 역시 경비가 두 명으론 부족해."

"나도 거기는 동의."

경비들이 그렇게 투덜거리고 있을 때였다.

저 멀리서 마차 몇 대가 올라오는 게 보였다.

"마침 우프스 상단이 오는가 보네."

"잘됐다. 저기까지만 받고 우리도 숨 좀 돌리자."

그런데 다가오는 마차들의 상태가 이상해 보였다.

바퀴는 당장이라도 빠질 것처럼 덜컹거렸고, 마차를 덮은 덮개는 여기저기 찢어져 있었다.

저 마차 곳곳에 흩뿌려진 붉은색 자국은 아마도 혈흔이리라.

누가 보더라도 습격을 당한 것 같은 마차의 모습.

그 마차에서 행수로 보이는 사람이 내렸다.

"누가 좀 도와……."

풀썩.

행수는 더 이상 말을 잇지 못하고 쓰러졌다.

"괜찮으시오?"

빈은 행수를 향해 다급하게 달려갔다.

다행히 행수의 의식은 깨어 있었다.

그저 극심한 긴장 상태가 해소되며 다리가 풀린 것 같았다.

"도대체 어찌 된 것이오?"

"트레본 고개에서 산적들의 습격을 받았소. 분명 슈넬덴으로 갈 물자라고 했는데도 막무가내더군."

"허, 또 트레본 고개요?"

트레본 고개는 슈넬덴 산 서쪽에 있는 고개였다.

그곳은 서쪽에서 슈넬덴으로 들어오는 가장 빠른 길이었기에, 과거에는 이동량이 많은 상로였다.

그러나 슈넬덴이 몰락하면서 트레본 고개의 이동량은 현저히 떨어졌다.

그 고개를 지나야 할 이유는 오직 슈넬덴 하나밖에 없었으니까.

그렇게 트레본 고개는 점차 사람들의 관심에서 멀어졌고, 결국 그곳을 지나는 상단은 1년에 몇 개가 채 되지 않았다.

그런 트레본 고개가 슈넬덴이 부활하면서 덩달아 주목받기 시작했다.

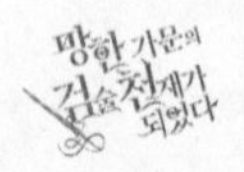

북부의 모든 상단이 슈넬덴과 거래를 다시 트려는 상황.

그들은 당연히 저렴한 수수료와 빠른 배송을 약속했다.

그러기 위해서는 반드시 트레본 고개를 거쳐야만 했다.

하지만 긴 방치 기간 동안 그곳에 새로운 주인들이 들어찬 모양이다.

그곳에 자리 잡고 있던 산적들이 상단을 습격했다는 소식이 자주 들려왔다.

"일단 여기서 조금만 기다리시오. 보고부터 드리고 올 테니."

빈이 서둘러 문 안으로 들어갔다.

옆에 있던 다른 문지기가 행수를 부축해 주었다.

그리고 잠시 후.

슈넬덴 사람들이 우르르 몰려오더니, 상단 물자를 내려 주기 시작했다.

"가주님께서 상단원들의 치료와 휴식을 위해 객실을 내주라고 하셨소. 거기서 다시 채비를 하고 가시구려."

"정말 고맙소."

우프스 상단의 행수 돌프는 고개를 꾸벅 숙였다.

'슈넬덴이 달라졌다는 게 사실이었구나.'

상단 동료들에게 소식을 듣긴 했지만, 체감이 되지는 않았다.

10여 년 전, 그가 이곳을 들렀을 때는 그야말로 폐가가 따로 없었으니까.

그때가 아마 우프스 상단과 슈넬덴의 마지막 거래였을 것이다.

그런데 불과 10년 만에 습격당한 상인을 머물게 해 줄 객실까지 마련되었다니.

'대체 그간에 무슨 변화가 있었던 걸까?'

그런 궁금증을 품으며 마차에 올라타려 할 때였다.

빈이 그를 불러 세웠다.

"부상을 입은 행수에게는 미안하지만 잠깐 본관으로 들러 줄 수 있겠소?"

"본관은 어찌?"

"최근 들어 트레본 고개의 습격이 많았던 탓에 가주께서 자세한 이야기를 듣고 싶다 하셨소."

"객으로서 주인에게 마땅히 인사를 드려야 할 터인데, 당연히 그러겠소."

"그럼 행수는 나와 함께 가시구려."

돌프는 고개를 끄덕이고는 빈을 따라갔다.

본관으로 향하는 길에도 돌프의 시선은 멈출 줄을 몰랐다.

슈넬덴 내부는 어딘가 오묘했다.

새로 지은 것처럼 번쩍번쩍한 건물이 있는가 하면, 10년 전에 봤던 것처럼 다 쓰러져 가는 건물들도 있었다.

그러나 가장 많은 것은 바로 보수에 들어간 건물들이었다.

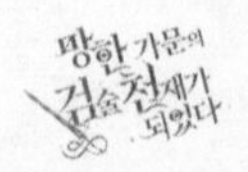

'이건 슈넬덴이 격동하고 있다는 증거일 터.'

조만간 저 낡은 건물들이 모두 새 건물들로 바뀌어 있을 것이다.

고작 10년 만에 이런 변화가 가능하긴 할까.

아니, 1년 전만 하더라도 슈넬덴은 여전히 빚에 허덕였다고 했으니, 이런 변화는 고작 1년 사이에 이루어진 것이다.

'어디서 보물이라도 발견한 건가?'

그렇지 않고서야 어떻게 1년 만에 가문이 이토록 달라질 수가 없었다.

'앞으로의 슈넬덴이 더 궁금해지는구나.'

그가 한참 슈넬덴의 변화에 놀라고 있는 사이, 빈이 걸음을 멈췄다.

"이곳이오. 가주님 외에도 원로회도 있을 테니, 행수께서 보고들은 바를 상세히 말해 주면 고맙겠소."

"알겠소."

말은 그렇게 했지만 부담이 되는 건 사실이었다.

자신은 고작 일개 상단의 행수.

슈넬덴의 최고위층이 모두 모인 자리에 함께한다는 게 긴장되는 건 당연했다.

그리고 막상 가주 앞에 서자 그 부담이 한층 더 커졌다.

"우프스 상단의 행수 돌프가 북방의 영원한 수호자를 뵙습니다."

"그리 불편하게 하지 않아도 되네. 많이 지쳤다 들었는데 이렇게 부른 것도 미안하게 생각하고 있으니."

율리안이 부드럽게 웃으며 말했다.

그제야 무거웠던 분위기가 조금은 풀리는 것 같았다.

"어디 다친 데는 없는가?"

"호위들이 지켜 준 덕분에, 소인은 큰 부상을 입지 않았습니다. 다만 슈넬덴에 공급하기로 한 물품 중 절반이 유실되었습니다. 이에 대해서는 저희 상단에서 꼭 보상하도록 하겠습니다."

"물자야 다시 구하면 되지만 사람은 그럴 수 없지. 행수가 다치지 않아 다행이네."

율리안은 인자하게 웃어 보였다.

역시 돈이 다리미라고 했던가.

불과 1년 전이었다면, 이토록 쉽게 말할 수는 없었을 것이다.

그러나 그런 내막을 모르는 돌프로서는 율리안의 인품에 감화되었다.

"그럼 자세히 말해 주겠나? 트레본 고개에서 있었던 일을."

"예, 가주님."

돌프가 자신이 겪은 일을 상세히 이야기하기 시작했다.

트레본 고개.

그곳은 어느 가문의 영지에도 속하지 않은, 말 그대로 무

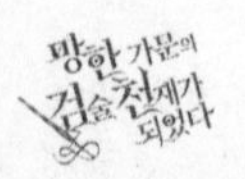

주공산이었다.

물론 슈넬덴의 주요 상로인 만큼 과거에는 슈넬덴의 영지로서 관리되긴 하였다.

그러나 그건 어디까지나 과거의 이야기일 뿐.

몰락한 현재의 슈넬덴은 변방 영지까지 관리할 여력은 없었다.

게다가 산세가 복잡해 농사를 짓기도 힘든 탓에, 그곳을 굳이 가지려는 가문도 나타나지 않았다.

그렇게 트레본 고개는 무주지로 전락한 것이다.

그러나 이를 기회로 여기는 이들이 나타났으니.

복잡한 지형과 공백이 된 치안.

산적들이 자리 잡기에는 너무나 좋은 환경이었다.

여러 채들이 그곳으로 몰려들었고, 주변 마을을 약탈하거나 사냥을 하며 채의 세력을 넓혀 나갔다.

그러다 최근 슈넬덴의 재기로 상로의 이용자가 다시 늘어난 것이다.

산적들이 이를 가만둘 리가 있겠는가.

그들은 아예 연합 산채를 만들어 상인들을 습격했다.

"행수의 상행도 그렇게 공격당한 것이군."

"가주님, 물건을 잃은 행수로서 염치없지만 간청을 하나 드려도 되겠습니까?"

"말해 보게."

"비단 저뿐만 아니라 많은 상인들이 목숨을 걸고 트레본 고개를 넘고 있습니다."

돌프가 간절한 눈으로 율리안을 바라보았다.

"부디 자비를 베푸시어 트레본 고개의 치안을 확보해 주시길 간청드립니다."

"흐음."

율리안이 고심에 빠진 듯 턱을 쓰다듬었다.

그때 원로회 쪽에서 한 장로가 대신 대답을 했다.

"돌프 행수, 무슨 말인지는 알겠네. 하나 그곳은 무주지라 우리가 치안을 확보할 의무가 없네. 가주님께서 곤란해하시니 이만 돌아가시게."

"하지만……."

"어허, 엄연히 말하면 상행의 호위는 상단이 해결할 문제가 아닌가."

"죄송합니다."

그 장로의 말이 모두 맞았기에 반박할 말이 없었다.

그나마 다행인 건 율리안이 여지를 남겨 주었다는 것이었다.

"돌프 행수, 일단 그대의 이야기는 알겠네. 그 부탁에 대해서는 고민해 볼 테니, 일단은 물러가 휴식을 취하고 있게나."

"감사합니다, 가주님."

돌프는 몇 번이나 인사를 하면서 가주전에서 물러갔다.

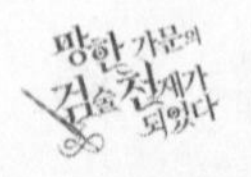

율리안은 여전히 생각이 정리되지 않은 표정이었다.

"가주님, 지금 트레본으로 기사를 파견하기에는 어려움이 많습니다."

조금 전 돌프를 다그치던 장로가 말했다.

"저 행수의 말대로 정말 산적들이 연합했다면, 대규모 토벌대를 구성하거나 고위 기사들을 파견해야 할 겁니다."

"그래야겠지."

"하지만 지금은 설산의 망루를 증축하느라 고위급 기사를 운용할 여유가 없습니다."

지난번에 확보한 망루들은 겨우내 마물들의 동향을 살피는 데 큰 역할을 했다.

이제는 겨울이 끝났으니 망루를 보수하고 증축할 때였다.

특히 눈 덮인 골짜기의 망루는 아직 완전히 수복하지 못했으므로, 그곳을 가져오기 위해서라도 눈 덮인 골짜기의 망루는 증축이 필수였다.

"그렇다고 고위 기사를 뺀 대규모 토벌단을 구성하자니, 그랬다간 행여나 다른 가문의 침략을 받을 수도 있습니다."

그러자 다른 쪽에서 혀를 차는 소리가 들려왔다.

"아무리 그래도 북방에서 우리를 선제 타격하는 가문이 있겠소?

"그런 안일한 소리 마시오!"

"뭣이?"

"북방 가문들은 그동안 앞다퉈 우리를 뜯어먹었소. 그런 그들이 우리가 부활하는 걸 반기겠소? 나 같으면 완전히 부활하기 전에 짓밟을 것 같은데."

그것도 맞는 말이었다.

가뜩이나 최근 슈넬덴은 꽤 파격적인 행보를 보인 상태.

그것만으로도 다른 가문들에게는 충분한 위협이 될 수 있었다.

"당장 노던에 대부분의 병력이 배치된 샤룬이 빈집을 노린다면, 순식간에 당할 것이오."

물론 그럴 일은 없었다.

샤룬을 비롯한 대부분의 가문은 200년짜리 차용증에 묶여 있었으니까.

그러나 여기 있는 이들은 그 사실을 전혀 알지 못했다.

"끄응……."

상대 장로가 대답하지 못하자 하우덴은 다시 가주 쪽을 보았다.

"혹 그래도 상로가 걱정되신다면 라바흐에 연락을 취해 보시지요. 그곳은 라바흐와의 접경지이기도 하지 않습니까?"

마침 생각이 정리되었는지 율리안이 눈을 떴다.

"트레본에 인원을 파견해야겠네."

"가주님, 그곳은 쓸모가 없는 무주지이지 않습니까? 상인들이 산적에게 통행료 좀 내기로서니 우리가 위험을 감수할

필요는 없는 것 같습니다."

"아직은 그렇지."

"그게 무슨 말씀이십니까?"

"지금은 거기서 통행료를 걷는 게 고작 산적이지만, 나중에는 다른 세력이 될 수도 있네. 이를테면 라바흐라든가."

만약 라바흐가 트레본 고개를 차지한 후 그곳에서 통행료를 걷기 시작한다면, 이는 분명 슈넬덴에 즉각적인 피해로 다가올 것이다.

그들은 최근 코넬리오와도 관계를 발전시키고 있으니, 슈넬덴의 항의가 그리 두렵지도 않을 터.

"……."

이번에는 하후덴이 입을 다물었다.

최근 라바흐가 슈넬덴에게 노골적으로 경계심을 드러내는 것을 보면, 충분히 그럴 수 있는 일이었다.

"하나 하우덴 장로의 말에도 일리가 있네. 그러니 대규모 토벌단은 보내지 않되, 고위 기사가 아닌 자를 보냄세."

"그런 자가 어디에 있습니까?"

그 말에 율리안이 빙그레 웃었다.

"정말 그 정도 실력자가 가문에 없는 것 같은가?"

"그럼……."

"요즘 테오 사단이 그렇게 수련에 열심이라지?"

"아!"

다들 그 말뜻을 이해했다.

슈넬덴 최고의 재능 테오 슈넬덴.

그보다는 조금 부족하지만, 그럼에도 출중한 재능을 가진 루크 슈넬덴.

그리고 그와 함께 수련 중이라는 6연무장 소속 기사들.

그들 정도라면 고위 기사 몇의 무력은 낼 수 있었고, 그러면서도 가문의 방어에 무리가 갈 만큼의 규모도 아니었다.

그건 하우덴마저도 동의하는 바였다.

"아직 외부 임무 경험이 하나도 없는 도련님들만 보내도 괜찮겠습니까?"

유일한 걱정거리라면 그것이었다.

그러나 정작 율리안은 그 부분을 전혀 신경 쓰지 않는 것 같았다.

"걱정 말게."

"무슨 수라도 있으신 겁니까?"

"그 아이가 있으니."

"그 아이라고 함은……."

하우덴은 당연히 테오를 떠올렸다.

그러나 율리안이 생각하는 이는 루크였다.

"어쨌든 돌프 행수에게 토벌대를 보내겠다고 알려 주게."

"알겠습니다."

"그리고 테오와 루크는 내 방으로 불러 주고."

"예."

곧이어 회의가 끝났다.

장로들은 돌아갈 때까지도 율리안이 어째서 저토록 든든해하는 것인지 알 수 없었다.

루크와 테오는 가주의 호출을 받고 곧장 가주실로 향했다.

"최근 수련에 열심이라고 하더구나."

율리안은 루크를 보며 말했다.

다른 이는 몰라도, 그는 테오 사단의 실질적인 리더가 누구인지 알고 있었다.

"꽤 강도 높은 수련을 하고 있다고 들었다."

"기사된 자로서 당연히 해야 할 수준인데요, 뭐. 별것도 아닙니다."

율리안은 테오 쪽을 보았다.

테오가 몸을 부르르 떠는 것이 보였다.

그 눈을 자세히 보면 꼭 살려 달라고 말하는 것 같았다.

'대체 백은관에서는 무슨 수련을 하고 있는 게냐?'

테오의 상태를 보고 걱정이 앞서다가도 동시에 안심도 되었다.

저렇게 열심히 하고 있으니, 테오 사단에게 단독으로 임무를 맡겨도 될 것 같았기 때문이다.

"그래서 어쩐 일로 저희를 부르셨습니까?"

"크흠, 조금 전 우프스 상단의 행수가 다녀갔다. 트레본 고개에서 습격을 당했다고 하더구나."

율리안은 트레본 고개와 그곳에서 해야 할 일에 대해 자세히 이야기해 주었다.

"그러니까 트레본 고개의 도적놈들이 연합했고, 우리가 그놈들을 소탕하면 되는 거군요."

"그렇다."

"쯧쯧, 원래 다 우리 영지였던 곳을 어쩌다……."

"응? 뭐라고 하였느냐?"

"아닙니다."

루크는 못마땅한 표정으로 율리안을 쳐다봤다.

아비이자 가주로서 자존심 상하는 소리였지만, 왠지 그런 아들의 표정에 눈치가 보였다.

마치 집안 어른에게 야단이라도 맞는 것 같은 기분이 드는 건 왜일까.

"그럼 더 볼 것도 없이 바로 출발하겠습니다."

"인원은 어찌하겠느냐?"

루크는 아주 잠깐 생각하더니 바로 대답했다.

"네 명이면 됩니다."

"그래, 네 명…… 뭐? 네 명이면 좀 적지 않겠느냐?"

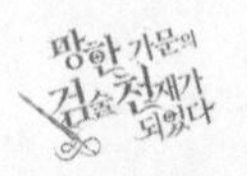

“두 명에서도 충분한걸요. 경험치를 먹이고 싶은 애들 있어서 두 명 더 데리고 가는 거예요.”

율리안은 할 말을 잃어버렸다.

‘고작 두 명에서 산적들을 전멸시킨다고?’

아들이 자신감에 차서 과장을 했든지 또는 자신이 아는 것 이상의 뭔가가 아들에게 있든지, 둘 중 하나였다.

어째서인지 후자 쪽으로 생각이 기울었다.

루크는 언제나 상상 이상의 무언가를 하는 아들이었으니까.

“네가 그렇다고 하니 알겠다.”

“걱정 마세요. 금방 처리하고 올 테니까.”

루크가 인사를 하고 돌아서려 할 때였다.

“잠깐.”

“뭐가 또 있습니까?”

“혹시 몰라 이야기하는 거다만, 트레본 고개는 라바흐와 접경지란다.”

“라바흐 녀석들도 오는 겁니까?”

“확신할 수는 없다. 그들도 지금껏 트레본 고개를 내버려 뒀으니.”

“하지만 우리가 움직이면 이야기가 달라질 수도 있겠군요.”

“그렇지. 최근 들어 라바흐가 우리를 노골적으로 견제하지 않더냐.”

루크는 율리안을 향해 빙긋 웃었다.

“고작 라바흐 때문에 발목 잡힐 일은 더 없을 겁니다.”

고작 열여섯 살짜리가 하는 말치고는 너무 호기로워 보일 법도 해다.

그러나 그게 빈말이 전혀 아니라는 건 아주 잘 알고 있었다.

율리안에게 루크는 이미 한 명의 수석 기사만큼이나 믿음직스러운 기사였기 때문이다.

아니, 오히려 어떤 면에서는 수석 기사보다도 더 믿음직스럽기도 했다.

“준비할 게 많을 거 같으니, 저희는 이만 가 보겠습니다.”

“그러도록 하거라.”

루크와 테오가 가주실을 나갔다.

율리안은 그들이 나간 문을 지그시 바라봤다.

그 표정이 새삼스러워 보였다.

‘그러고 보면 이제 슈넬덴이 주변 지역의 치안까지 신경 쓸 수 있게 되었구나.’

생각해 보면 정말 큰 변화였다.

이제 혼자 몸을 일으킨 것을 넘어 주변을 살펴볼 여유가 생겼다는 의미였으니까.

막말로 가문을 이 정도로 일으켜 세웠다면, 지금 당장 죽어서도 저승에서 조상님들을 뵐 면목은 있을 것이다.

물론 200년 전 전성기를 지내신 선대 가주님들께는 여전히 고개를 들지 못할 테지만.

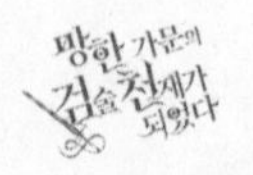

그래도 그 이후의 조상님들은 당당하게 뵐 수 있지 않겠는가.

'어느새 슈넬덴이 이렇게 변한 건지…….'

그 변화의 시작이 누구인지 말하는 건 이제 두말하면 입이 아팠다.

루크와 테오.

오죽하면 가문의 몰락을 안타까워한 옛 선조가 저 아이들로 환생한 게 아닐까 하는 생각마저 들 정도였다.

'나도 주책이지, 참.'

율리안은 허허 웃으며 몸을 일으켰다.

그러나 그와 같은 시간.

루크는 원인 모를 한기에 몸을 떨어야 했다.

며칠 후.

"짐은 다 실었나? 어어, 그 짐은 따로 보관해 두라니까."

"죄송합니다, 행수님."

"사과할 시간에 짐이나 한 번 더 확인해."

돌프는 아침부터 바삐 움직였다.

슈넬덴에서 회복을 마치고, 다시 우프스 상단으로 돌아가야 할 때였기 때문이다.

상행의 모습을 보고 있자면, 도무지 산적들의 공격을 받은 것처럼 느껴지지 않았다.

이곳에 올 당시만 하더라도 마차 반은 잃은 상태였고, 남은 반 중에서도 고쳐 쓸 만한 마차는 몇 대 남지 않았었다.

'슈넬덴에게는 빚진 게 많군.'

슈넬덴의 배려로 마차 몇 대를 대여받을 수 있었다.

그렇지 않아도 단원들의 회복도 도와줬는데, 이렇게 마차까지 지원해 주다니.

꽤 오랜 시간 상행을 다녔지만 이런 인자한 가문을 만나는 건 처음이었다.

'과연 근본 있는 명문가는 다르긴 다르구나.'

그가 그렇게 생각한 건 회복을 도와주거나 마차를 지원해 준 것 때문만이 아니었다.

슈넬덴에서 트레본 고개에 토벌단을 보내 주기로 하였다.

그 장로의 말대로 무주지였기에 신경도 쓸 필요 없는 땅이었지만, 슈넬덴은 과거처럼 북방의 치안대를 자청한 것이다.

'과연 누가 올까.'

내심 기대가 되었다.

이제 트레본 고개가 안전해질 거라는 기대만이 아니었다.

잘만 하면 이번 기회에 슈넬덴의 실력자들과 얼굴을 트게 될 수도 있었다.

저벅저벅.

마침 발소리가 들려왔다.

묵직하면서도 절제된 금속음.

슈넬덴의 기사들이 틀림없었다.

“오셨습니까?”

돌프가 반가운 목소리로 그쪽으로 시선을 돌렸다.

그러고는 잠깐 멈칫했다.

‘고작 네 명?’

토벌대라고 하길래 최소한 스물은 될 거라 기대했었다.

도움을 청한 주제에 이것저것 가릴 게 아니라는 건 알고 있었다.

그저 저 네 명만 갔다가는 오히려 산적들의 희생양이 되는 게 아닐까 걱정이 되는 것일 뿐.

그렇다고 함부로 이를 티 낼 수는 없었다.

앞서 말했듯 자신은 도움을 청한 입장이었으니까.

게다가 혹시 저들이 슈넬덴의 최정예일 수도 있는 일이었다.

아무리 쇠퇴했다지만, 슈넬덴은 명망 있는 명문가였다.

그런 곳에서 임무에 성공하지 못할 인원들을 투입하지는 않을 터.

“저는 돌프라고 합니다.”

돌프는 일단 정중하게 인사부터 올렸다.

“테오 슈넬덴이다.”

'역시!'

테오 슈넬덴, 그 이름을 듣자 돌프의 눈이 번쩍 떠졌다.

테오에 대한 나쁜 소식 때문이 아니었다.

무릇 상인은 정보에 빨라야 하는 법.

적어도 북방에서 테오가 아직 구제 불능의 망나니라고 알고 있는 자는 상인이라 불릴 자격이 없었다.

최근의 테오는 슈넬덴을 부활시킨 주역이자 곧 대륙에서 손꼽히는 기사가 될 재능이었다.

"설마 심검의 기사 테오 공자님을 직접 보내 주시는 겁니까?"

"풉!"

테오는 사레가 들어 버렸다.

뒤에 있던 루크는 터져 나오는 웃음을 가까스로 참았다.

"심검의 기사라니, 대체 그런 이명은 어디서 나온 거야?"

"상인들 사이에서는 소문이 자자합니다. 공자님께서 일찍이 심검에 눈을 뜨신 천재라고요."

"천재…… 크크큭."

"루크."

테오가 웃음을 참고 있는 루크를 째려보았다.

"큭, 크큭! 왜 그러십니까, 심검의 기사님."

"너지?"

"무슨 말씀이신지 전혀 모르겠네요."

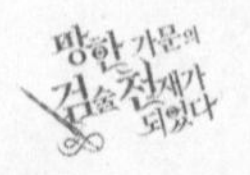

루크가 시치미를 뗐지만, 테오의 추측이 맞았다.
그것은 루크가 퍼뜨린 소문이었다.
이 시대에 소문을 전달하는 입이 누구겠는가.
대륙 곳곳을 떠도는 상인들이다.
그리고 루크는 북부의 떠오르는 신성 상단 오르겐의 실질적인 소유주.
이 정도 소문을 퍼뜨리는 건 그에게 어려운 일이 아니었다.
"후, 됐다."
테오는 한숨을 내쉬고는 다시 돌프 쪽을 보았다.
"아무튼 우리는 행수를 따라 트레본 고개까지 갈 거야."
"예! 제가 목적지까지 잘 안내하겠습니다."
돌프는 다시 한번 정중하게 인사를 올리고는 그 뒤에 있는 이들을 보았다.
'테오 님께서 저분을 루크라고 부르셨지?'
그 말은 저 기사가 슈넬덴의 이 공자인 루크 슈넬덴이라는 의미였다.
형보다는 유명세가 덜하지만, 그럼에도 좋은 재능을 가진 기사임에는 틀림없었다.
'혈족이 무려 두 명.'
이것만으로도 슈넬덴이 이번 지원에 얼마나 공을 들였는지 알 수 있었다.
그리고 그 뒤쪽으로 두 명의 기사가 더 보였다.

한 사람은 그야말로 기사다운 풍채를 가진 인물이었다.

솔직히 말하면 테오나 루크보다도 더 기사다운 느낌마저 느껴질 정도였다.

반면 한 사람은…….

'저 사람도 기사인가?'

왜소한 체형에 오렌지색 머리, 묘하게 움츠러든 어깨까지.

어느 모로 봐도 기사라는 생각이 들지 않았다.

앞사람은 자신을 브리데커라고, 그리고 뒷사람은 엘린이라고 소개했다.

'아니, 분명 두 사람 다 실력자이겠지.'

이미 여기에 혈족이 두 명이나 포함되었다.

가주가 미치지 않고서야, 제 아들이 둘이나 가는데 실력이 없는 자들을 붙였을 리가 없었다.

분명 저들도 슈넬덴의 고위 기사들이리라.

그렇게 생각하니 왜소한 기사마저도 믿음직스러워 보였다.

"그럼 여러분들께서는 마차에 타고 계십시오. 혹 불편한 게 있다면 언제든 저 돌프를 불러 주시고요."

"알겠어."

테오 사단이 마차를 타고 머지않아 상행 준비가 끝났다.

"그럼 출발하겠습니다."

텅텅.

돌프가 마차를 두드리자 선두에 선 마차가 움직이기 시작했다.

❦

“곧 있으면 베루스입니다.”

돌프가 지도를 보며 말했다.

트레본 고개의 관문 역할을 하는 베루스라는 도시가 있었다.

그곳에서 산채들의 정보를 수집하고 녀석들을 토벌할 계획이었다.

“이봐, 돌프.”

“예, 루크 공자님.”

상행 내내 조용하던 루크가 먼저 말을 걸자, 돌프가 얼른 대답했다.

“베루스의 상황을 이야기해 줄 수 있나?”

왠지 모르게 그 목소리에선 아련함이 전해졌다.

“베루스가 좀 특별한 도시긴 하지요.”

마차에 타고 있던 다른 녀석들도 거기에 귀를 기울였다.

“베루스는 트레본 고개의 관문으로서 나름 내실을 갖춘 도시였습니다. 그러다 이 지역이 무주지가 되며 베루스에 있던 행정관, 병사, 기사들이 모두 사라졌지요.”

돌프는 말을 하다 말고 슬쩍 루크와 테오를 보았다.

아무래도 슈넬덴과 관련된 이야기이기도 하니, 두 공자의 눈치가 보인 것이다.

루크가 고개를 끄덕여 주자 비로소 안심되었는지 이야기를 이어 갔다.

"곧이어 트레본 고개에는 산적들이 넘치게 되었고, 그들은 주변 마을과 도시를 약탈했죠."

거기까지만 들어도 뒤 상황을 알 것 같았다.

산적들이 들끓는데, 도시를 관리하고 치안을 유지해 줄 가문이 없다.

결국 그들은 스스로를 지킬 수밖에 없었을 것이다.

그 수단이 무력이 되었든 공양이 되었든.

"베루스는 산적들과 싸우기를 택했겠군."

"잘 아시는군요! 그들은 저들끼리 시장을 뽑고는 그 시장을 중심으로 자경단을 만들어 도시를 방어했습니다."

"베루스 사람들은 예로부터 지역에 애착이 많은 자들이었으니까."

과거 베루스가 슈넬덴의 관리하에 있을 때도 유명했다.

척박한 땅을 함께 일구어 만든 도시라 그런지, 도시민들은 서로를 가족처럼 생각했었다.

슈넬덴이 떠나간 뒤에도, 그들은 여전히 이곳에 남아 자신들의 지역을 지키고 있던 것이다.

"대단한 사람들이지요. 하지만 최근에는 좀 힘에 부쳐 보

이긴 합니다."

"어째서?"

"이곳을 지날 때 들었는데, 산적들의 수나 실력이 부쩍 늘었다더군요. 습격 때마다 겨우겨우 막아 내고 있다 하였습니다."

"그랬……."

루크가 대답을 하다 말고 미간을 찌푸렸다.

"어찌 그러십니까?"

"아니야, 얼른 가지."

그리고 루크는 고개를 돌렸다.

돌프는 머쓱한 듯 눈을 굴리더니, 이내 마차에서 멀어졌다.

그 모습을 본 테오가 질문했다.

"왜 그래? 무슨 일이라도 있어?"

"불청객들이 있어서."

"불청객? 설마."

테오가 눈을 동그랗게 떴다.

-혹시 몰라 이야기하는 거다만, 트레본 고개는 라바호와 접경지란다.

출발하기 전 아버지가 했던 말이 떠올랐던 것이다.

"맞아."

"정말 라바흐가 왔다니. 어떡할 거야?"

"일단은 가 봐야지. 거기서 그놈들이 불청객인지 아닌지 확인해 봐야지."

그러나 루크는 이미 확신하고 있었다.

라바흐가 절대 호의를 품고 이곳에 온 건 아니라는 것을.

"시장님, 최근 산채를 내려오는 산적들이 많아졌다고 합니다. 아마도 녀석들이 대규모 습격을 준비하고 있는 것 같습니다."

"허."

베루스의 시장, 리프덴의 표정이 한밤중처럼 어두워졌다.

"아버지, 어떻게 해야 할까요?"

"……."

아들의 물음에도 리프덴은 아무 말도 없었다.

하고 싶지 않은 게 아니라, 할 수가 없는 것이었다.

'그럴 만도 하지.'

도시를 관리하던 슈넬덴이 몰락하고 행정관과 기사들이 하루아침에 떠나간 지도.

이후 트레본 고개에 들어선 산적들이 이곳을 공격한 지도.

도시 사람들이 시장을 추대하고 자경단을 만든 지도.

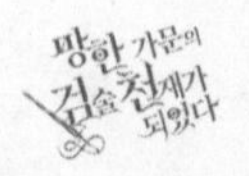

100년도 더 넘었다.

정말 많은 베루스 사람들이 스스로의 터전을 지키기 위해 목숨을 바쳤지만, 솔직히 말해 이제는 버티기 힘들었다.

가뜩이나 오랜 전투와 가난한 도시 재정으로 토성의 상태는 엉망인 상황.

토성의 흙은 대부분 깎여 버렸고, 얼마 전엔 성문마저 부서져 버렸다.

그러고도 성문을 고칠 돈이 없어 나무로 덧대어 놓은 것이 고작이었다.

이런 상황에서 산적들의 규모는 날이 갈수록 커져 가고 연합 산채까지 만들어 습격을 해 오고 있으니. 이 도시를 어떻게 더 지킬 수 있겠는가?

"이제라도 저들에게 항복하고 주기적으로 상납을 해야 할까요?"

보덴이 조심스럽게 말했다.

처음에 산적들은 주변 마을과 도시에 주기적인 상납을 요구했었다.

베루스는 이를 거부했고, 저들과 싸움을 시작한 것이다.

그 싸움이 지금껏 계속된 것이고.

"그러면 우리가 살 수 있느냐?"

"예?"

"지금도 베루스 사람들이 먹고살기에 빠듯하다. 그런데

여기서 산적들에게 절반 이상의 농작물을 빼앗긴다? 그랬다간 시민 중 반은 굶어 죽고 말테지."

"그래도 절반이 죽는 게 모두가 죽는 것보다는 낫지 않습니까?"

"그뿐만이 아니다. 그들의 상납 대상에는 여성들도 있다. 누구의 아내와 딸을 그들에게 보낼 텐가? 내 아내와 네 누이를?"

"그건……."

보덴은 선뜻 말을 할 수 없었다.

과연 어느 사람이 자신의 가족을 보내겠다고 나설 수 있겠는가.

"식량을 받은 이들과 그렇지 못한 이들, 가족을 보낸 이들과 그렇지 않은 이들. 그들 사이에서 다툼이 벌어지면 이곳은 도시로서의 기능을 상실하게 된다."

아버지의 말이 구구절절 맞았다.

그러나 그도 할 말이 없는 건 아니었다.

"그렇다고 이대로 산적들에게 저 허술한 나무문이 뚫리게 되면요? 그땐 아버지께서 목숨 바쳐 지킨 베루스에 생지옥이 펼쳐질 겁니다."

지난 100년 동안 산적들에게 맞서 싸우다 무너진 마을은 많았다.

그리고 산적들이 그 마을에 어떤 짓을 했는지 똑똑히 보

았다.

그들은 남자란 남자는 모두 쳐 죽이고 여자들은 자신들의 노리개로 쓰거나 노예 시장에 팔아 버렸다.

베루스가 뚫리는 날에도 똑같은 광경이 펼쳐질 테지.

이 땅 위에 그런 일이 벌어지는 건 보고 싶지 않았다.

"……."

"그럼 차라리 모두를 데리고 도망이라도 가는 건 어떻습니까?"

"그건 안 된다."

보덴은 답답함에 가슴을 쿵쿵 쳤다.

몇 번이나 이에 대해서 이야기했지만, 아버지는 늘 똑같은 대답을 했다.

—선조 대대로 일구어 놓은 이 터전을 버릴 수 없다.

그때마다 알겠다며 넘어갔지만, 이제는 말해야 할 것 같았다.

"아버지!"

"이 터전을 버릴……."

"제발 우리의 터전을 버릴 수 없다는 답답한 소리 좀 하지 마세요. 일단은 사람이 살고 봐야 할 거 아닙니까?"

아들의 호통에 리프덴의 말문이 막혀 버렸다.

"저도 이 터전을 지키고 싶습니다. 하지만 이대로 있다가는 땅만 덩그러니 남아 있을 테지요. 터전도 그걸 일구는 사람이 있어야 합니다."

이번에는 리프덴이 고개를 떨궜다.

아들의 말이 옳았다.

'지금은 고집을 피울 때가 아니구나.'

베루스 시민들이 오랫동안 외롭게 지켜 온 터전이라고는 하나, 지금은 이곳을 버려야 했다.

그래야만 시민 모두가 살 수 있었으니까.

"네 말이 맞구나. 시민들을 모아 다오. 그들에게도 의견을 구해야 하니."

"잘 생각하셨습니다."

보덴이 막 움직이려 할 때였다.

"시장님!"

누군가의 다급한 목소리가 들려왔다.

리프덴과 보덴의 표정이 밝아졌다.

그 목소리는 외부에 지원 요청을 하러 갔던 부관의 것이기 때문이었다.

두 달째 별다른 연락이 없기에 임무 중 해를 입었다고 생각하고 포기하고 있었는데, 결국 지원 요청에 성공한 모양이었다.

"제가 많이 늦었습니다. 정말 죄송합니다."

"아닐세. 아니야. 이렇게 무사히 돌아와 준 것만으로도 고마울 따름이지. 지원 요청은 어떻게 되었는가?"

혹시나 하는 마음에 확인해 보았다.

부관의 표정이 밝은 걸 보고 그제야 안심이 되었다.

"시장님, 걱정하지 마십시오. 기사들과 함께 왔습니다."

"정말인가! 어느 곳이 도움을 주던가?"

"라바흐가에서 기사들을 보내 주었습니다."

"라바흐에서?"

잠깐 의문이 들었다.

라바흐는 베루스와 접하고 있는 가문.

당연히 산적들의 습격이 거세진 초기에 가장 먼저 지원을 요청했었다.

그때는 심지어 자신이 직접 갔었다.

그러나 그때만 하더라도 라바흐의 가주는 아예 만남조차 허락하지 않았다.

그랬던 가문이 갑자기 도움을 주겠다고 하니 의문이 들 수밖에 없었다.

그러나 지금은 언제 산적들이 쳐들어올지도 모르는 상황.

터전까지 버리기로 결심했던 마당에, 식은 수프 따뜻한 수프를 가릴 처지가 아니었다.

"어디 있는가? 얼른 이곳으로 모셔 주게."

"예."

곧이어 부관이 기사 하나를 데리고 들어왔다.

리프덴과 보덴의 시선이 그 기사를 향했다.

커다란 키에 전신을 감싸고 있는 번쩍이는 갑옷.

사람들이 생각하는 기사의 모습을 그대로 빼다 박은 것 같은 생김새였다.

"경이 라바흐에서 온 기사이오? 나는 베루스의 시장 리프덴이오. 이쪽은 내 아들 보덴이고."

"처음 뵙겠습니다."

"라바흐의 기사 바트 콜로만이오."

"바트 콜로만이라면, 그 백랑의 기사?"

그 이름을 들은 리프덴은 깜짝 놀랐다.

백랑의 기사라면 라바흐를 대표하는 기사가 아니던가.

그런 기사가 이곳을 왔다니.

이건 라바흐 쪽에서도 이 일에 적극적이라는 의미였다.

"그리 놀라니 부끄러울 따름이오. 어쨌든 이렇게 만나게 되어 반갑소."

바트도 격식을 차려 인사했다.

그러나 그가 자신들을 내려다보고 있다는 느낌이 드는 이유는 비단 저 큰 키 때문일까.

정중은 하되 어딘지 모르게 섬뜩한 기운이 있는 기사였다.

"라바흐가에서 어찌 저희를 돕기로 한 것이오?"

"공들도 아시다시피 라바흐가의 가주께서는 북방의 패자

에 어울리는 배포를 가지고 계신 분이오."

"가주에 대한 풍문은 익히 들어 알고 있소."

"가주께서는 비록 주인 없는 땅이긴 하나, 베루스의 고군분투를 딱하게 여기시어 나와 일곱 기사들을 보내 도움을 주라 하셨소."

"이 은혜를 어찌 갚으리오."

"하지만 오는 길에 보니, 들은 것보다 산적들의 수가 많더이다."

바트가 대화를 원하는 쪽으로 유인한다는 것은 알고 있었다.

그러나 리프덴은 그걸 알면서도 그 장단에 맞춰 줄 수밖에 없었다.

어쨌든 라바호로부터 도움을 받아야 하는 건 자신들이었으니까.

"백랑의 기사조차 어찌하지 못할 정도로 강한 적들이오?"

"크흠, 물론 그들이 모두 모습을 드러내고 있다면 우리에게 상대가 될 리가 없소만. 문제는 산적들이 산 이곳저곳에 몸을 숨기고 있다는 것이오."

"그럼 어찌해야겠소?"

바트가 빙그레 웃었다.

자신이 원하는 쪽으로 대화가 유도된 모양이었다.

"아무래도 본가에서 본대를 데려와야 할 듯하오."

“정말 라바흐에서 본대를 보내주는 거요?”

이건 베루스로서도 좋은 소식이었다.

라바흐 가문은 현시점 북방의 패자 가문 중 하나.

그런 가문의 본대가 이곳으로 온다면, 트레본 고개의 산적들의 씨를 말려 버릴 수 있을 것이다.

‘문제는 그 대가로 무엇을 요구하느냐인데.’

일단은 조건을 더 들어 보기로 했다.

“다만 그러기 위해서는 베루스가 라바흐 가문에 복속되어야 하오.”

“…….”

“혹 조건이 마음에 들지 않으시오?”

“아니요, 그런 건 아닌데, 갑자기 복속이라 하니 당황스러워서.”

“아무리 라바흐라고 해도 그렇게 많은 병력을 무주지로 보낼 때는 주변의 상황을 고려해야 하오. 특히 이곳은 옛 슈넬덴의 영지이기도 하니 더욱 그렇소.”

라바흐가 슈넬덴의 눈치를 봐?

얼토당토않은 소리였다.

저들이 정말 슈넬덴의 눈치를 봤다면, 슈넬덴의 비전을 버젓이 전수하지도 않았겠지.

사실 그도 이게 명분뿐이라는 건 알고 있었다.

베루스를 집어삼키기 위한 명분.

저들이 어째서 갑자기 이 척박한 도시가 가지고 싶어졌는지는 알 수 없었다.

어쨌든 저들이 이 도시를 원하고 있다는 사실만은 확실했다.

“어쩌지요?”

보덴이 이쪽으로 시선을 돌렸다.

아들도 마음이 흔들리는 모양이다.

사실 자신도 그랬다.

자신은 그저 이 도시를 지키고 싶은 것일 뿐.

도시의 왕이 되어 시민들을 다스리고 싶다거나 하는 생각은 없었다.

그렇다면 굳이 베루스를 무주지로 둘 이유는 전혀 없었다.

오히려 100년을 넘게 버려진 외로운 베루스가 새로운 주인을 찾게 되는 것이기도 했다.

그럼에도 선뜻 그러겠다고 하지 않는 이유는 하나.

‘저들이 아무 이유 없이 갑자기 이곳을 가지고 싶어진 게 아닐 텐데.’

그 이유가 무엇인지 짐작이 가지 않았기 때문이다.

라바흐는 자기 잇속 앞에선 명예나 긍지 따위는 따지지 않고 깡그리 챙겨 먹는 가문이다.

그런 녀석들이 절대 선의로 베루스를 돕는 것은 아닐 것이다.

분명 베루스를 어딘가에 이용하려 할 테지.

그게 자칫 베루스를 지금보다 더욱 위기에 빠뜨리는 것이라면?

그런 걱정을 쉽게 떨쳐낼 수가 없었다.

"리프덴 공, 아들도 묻잖소. 어쩔 테요?"

결정이 길어지니 바트도 닦달을 해 왔다.

"참고로 라바흐 가주님께서는 인내심이 많진 않으시오. 결정이 길어지면 그땐 돌이킬 수 없소."

"후."

리프덴은 뭔가를 털어 내듯 깊은숨을 내쉬었다.

어차피 터전을 버리고 도망치려 하지 않았던가.

라바흐의 밑으로 들어간다면 어쨌든 터전에서 살 수 있었다.

그러니 라바흐의 밑에 들어가서 부딪쳐 볼 수밖에.

그래도 명색이 가문인데 산적들보다 심한 짓을 하기야 하겠는가.

"콜로만 경의 제안을 따르겠소."

"좋은 생각이오."

"다만 나는 이곳의 시장일 뿐 왕이 아니오. 그러니 시민들에게 의견을 구할 시간을 주시오."

"흐음."

바트는 마음에 들지 않는지 침음을 흘렸다.

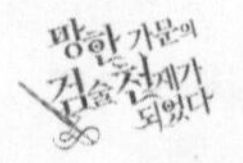

그러나 리프덴의 단호한 표정을 보니, 이것까지 걸고넘어질 순 없어 보였다.

"내일 아침까지면 되겠소?"

"충분하오."

"그럼 기다리겠소."

바트가 몸을 돌렸다.

그의 입가로 뒤틀린 미소가 스쳐 지나갔다.

리프덴도 분명 그 미소를 보았다.

그러나 지금은 독배인지 알면서도 마셔야 할 정도로 목이 타는 상태였다.

아마 우연히 하늘에서 비라도 내리지 않고서야 저 독배를 마셔야만 하리라.

그런데 그 비가 내렸다.

"시장님!"

밖에서 다급한 목소리가 들려왔다.

왠지 모를 기대감에 리프덴은 그 경비를 들였다.

"지금 우프스 상단이 도시를 들렀습니다."

"우프스라면 얼마 전 이곳을 지나간 상단이지? 그것이 어떻다는 것인가?"

"그들이 트레본 고개의 소탕을 위해 원군을 데리고 왔습니다."

원군이라는 말에 리프덴과 바트의 표정이 확연하게 달라

졌다.

리프텐의 얼굴엔 희망이, 그리고 바트의 얼굴엔 짜증이 피어났다.

“그, 그래. 우프스에서 누구를 데리고 왔던가?”

“슈넬덴입니다.”

그것은 베루스의 갈증을 한 번에 풀어 줄 대형 비구름이었다.

다음 권으로 이어집니다

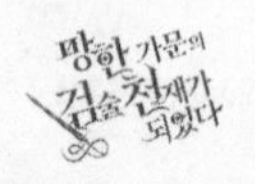

ROK
MEDIA
로크미디어

ROK
MEDIA
로크미디어